3個問號偵探團

3

唱歌的幽靈

文　晤爾伏·布朗克
　　波里斯·菲佛
圖　阿力
譯　洪清怡

企劃緣起

現在，開始讀少兒偵探小說吧！

親子天下閱讀頻道總監／張淑瓊

閱讀也要均衡一下

為什麼要讀偵探小說呢？偵探小說是一種非常特別的寫作類型，臺灣這幾年奇幻文學大發燒，類似的故事滿坑滿谷；除了奇幻故事之外，童話或是寫實故事也是創作和閱讀的大宗。偵探和冒險類型的小說相對而言就小眾多了。不過，偵探小說在全世界可是佔有很大的出版比例，光是看這兩年一波波福爾摩斯熱潮，從出版、電視影集到電影，就知道偵探小說的魅力有多大了。

但在少兒閱讀的領域中，我們還是習慣讀寫實小說或奇幻文學為主，畢竟考試當前，升學掛帥，能撥出時間讀點課外讀物就挺難得了，在閱讀題材的選擇上，通常就會以市面上出版量大的、得獎的、有名的讀物爲主。殊不知，偵探故事是少兒最適合閱讀的類型，因爲它不只是一種文學，更是兼顧閱讀和多元能力養成的超優選素材。

成長能力一次到位

偵探小說是一種綜合多元的閱讀類型。好的偵探故事結合了故事應該有的精采結構、主角們在不疑之處有疑的好奇心和合理的懷疑態度，還有持續追蹤線索過程中的耐心與熱情，解答問題過程中資料的蒐集解讀、推理判斷能力的訓練，遇到難處或危險時需要的勇氣和冒險精神、機智和靈巧，還有和同伴一起團隊合作的學習，和面對彼此性格態度不同時的衝突調解和忍耐體諒。這些全部匯集在偵探小說的閱讀中，厲害吧！

閱讀偵探故事，可以讓孩子在潛移默化中培養好奇心、觀察力、推理邏輯訓練、資料蒐集能力、團隊合作的精神、人際互動的態度……等等。這麼優質的閱讀素材，怎麼能在孩子的閱讀書單中缺席呢！這就是爲什麼我們一直希望能出版一套給少兒讀的偵探小說系列。

閱讀大國的偵探啓蒙書

去年我們在法蘭克福書展撈寶，鎖定了這套德國暢銷三百五十萬冊、全球售出多國版權的【三個問號偵探團】系列。我們發現臺灣已經有了法國的「亞森羅蘋」、英國的「福爾摩斯」，還有我們出版的瑞典的「大偵探卡萊」，現在我們找到以自律、嚴謹聞名的閱讀大國德國所出版的「三個問號偵探團」，我們希望讓臺灣的讀者們也可以和所有的德國孩子一樣享讀這套「偵探啓蒙書」。跟著三個問號偵探團一樣，隨時準備好所有行動需要的工具，體會「空氣中突然充滿了冒險味道」的滋味，像他們一樣自信的說：「解開疑問就是我們的專長」。我們希望孩子們在安全眞實的閱讀環境中，冒險、推理、偵探、解謎！

推薦文

好文本×好讀者＝享受閱讀思考的樂趣

臺灣讀寫教學研究學會理事長／陳欣希

偵探故事是我最愛的文類之一。此類書籍能帶來「閱讀懸疑情節」和「與書中偵探較勁」的樂趣，但，能否感受到這兩種樂趣會因「文本」和「讀者」而異。以認知心理學的角度來看，「令人感興趣」即表示「大腦注意到並能理解」；容易被大腦注意到的訊息有兩種：新奇和矛盾，讀者愈能主動比對正在閱讀的訊息與過往知識經驗的異同，愈能將文字敘述轉為具體畫面並拼出完整圖像，就愈能享受閱讀思考的樂趣。但，正邁向成熟的小讀者，仍在培養這種自動化思考的能力，於是，文本的影響力就更大了。

了解前述原理，再來看看【三個問號偵探團】，就不難理解這系列書籍能讓人一口氣讀完而忽略長度的原因了。

「對話」，突顯主角們的關係與性格

文中的三位主角就像其他偵探一樣，有著「留意周遭、發現線索、勇於探查」的特質，不一樣的是，多了「合作」。之所以能合作，友誼是主要條件，但另一條件也不可少，即，各有專長。此外，更不一樣的是，這三位主角也會害怕、偶爾也會想退縮，但還是因爲友誼，外加「幽默」，讓他們即使身陷險境，仍能輕鬆以對。要如何感受到三位偵探間的深厚情誼以及各自鮮明的個性特質呢?請留意書中的「對話」！

「情節」，串連故事線引出破案思惟

情節安排常會因字數而有所受限制，或是案件的線索太明顯、眞相呼之欲出，連讀者都能很快的知道事件的原由；或是線索太隱密，讓原本就過於聰明的偵探一眼識破，而一頭霧水的讀者只能在偵探解說時才恍然大悟。這系列書籍則兼顧了兩者。書中的數個情節，看似無關，但卻有條細線串連著。只要讀者留意一些看似突兀的插曲，留意加入故事的新人物，其實不難發現這條細線，更能理解主角們解決案件的思惟。

【三個問號偵探團】這系列書籍所提到的議題，是十歲小孩所關切的。再加上文字描述能讓讀者理解主角們的性格與關係，讓讀者有跡可尋而拼湊事情的全貌。簡言之，對十歲小孩來說，此類故事即能帶來前述「閱讀懸疑情節」和「與書中偵探較勁」的雙重樂趣。對了，想與書中偵探較勁嗎？可試試下列的閱讀方法：

閱讀中
根據文類和書名以形成假設（我知道偵探故事有哪些特色，再看到書名，我猜這本書的內容是什麼？）
→ 尋找線索以形成更細緻的假設（我注意到作者安排另一個角色或某個事件，可能與故事發展有關……）
→ 帶著假設繼續閱讀（我注意到的線索、形成的假設，與書中偵探的發現有何異同？）
→ 連結線索以檢視假設（哪些線索我比書中偵探更早注意到？哪些線索是我沒留意到？是否回頭重讀故事內容？）

推薦文

【三個問號偵探團】＝偵探動腦＋冒險刺激＋幻想創意

閱讀推廣人、《從讀到寫》作者／林怡辰

「老師，你這套書很好看喔！我在圖書館有借過！」、「我覺得這集最好看，老師這本你可以借我嗎？」自從桌上放了全套的【三個問號偵探團】，已經好幾個孩子過來「關注」：刺激、有趣、好看、一本接一本停不下來。都是他們的評語。

是的，【三個問號偵探團】就是一套放在書架上，就可輕易呼喚孩子翻開的中長篇偵探故事，每一本書都是一個驚險刺激的事件，場景從動物園、恐龍島、幽靈鐘、鯊魚島、古老帝國、外星人……光看書名，就覺得冒險刺激的旅程就要出發，隨著旅程探險，案件隨時就要登場！

故事裡三個小偵探，都是和讀者年齡相仿的孩子，十歲左右的年齡，帶著小熊軟糖、到達祕密基地，彼此相助和腦力激盪；勇氣是標準配備，細心觀察和思考是破案關鍵；好奇加上團隊合作，搭配上孩子最愛動物園綁架、恐龍蛋的復育、海盜、幽魂鬼怪神祕、幽靈船的膽戰心驚、陰謀等關鍵字。無怪乎，這套德國出版的偵探系列，一路暢銷、至今不墜，也輕易擄獲眾多國家孩子的心。

最值得一談的是，在書中三個小主角身上，當孩子閱讀他們的心裡的話、思考的模式：正面、善良、溫柔、正義；雖有掙扎，但總是一路向陽。讀著讀著，正向的成長性思維和不畏艱難的底蘊，輕鬆遷移到孩子大腦。

而且，這套偵探書籍和其他偵探系列的最大不同，除了場景都有豐富的冒險元素外，敘述和文字掌控力極佳，翻開書頁彷彿看見一幕幕畫面跳躍過眼簾，細節顏色情感，讀來感嘆萬千。不只偵探的謎底和邏輯，文學的情感和思考、情緒和投入，更是做了精采的示範！

在細緻的畫面中，從文字裡抽絲剝繭，一下子被主角逗笑、一下子就緊張的捏緊了拳頭。理解、整合、思考、歸納、分析，文字量適合剛跳進橋梁書的小讀者，當成偵探小說的第一次接觸。在享受文字帶來的冒險空氣裡、抓緊了書頁，靈魂跳進了迷幻多彩的偵探世界，大腦不禁快速運轉，在小偵探公布謎底前，捨不得翻到答案：「解開疑問就是我們的專長！」怎麼可以輸給三個問號偵探團呢！

就讓孩子一起乘著書頁，成為三個問號偵探團的第四號成員，讓孩子靈魂一起在文字裡探索、線索中思考、找到細節解謎，享受皺眉困惑、懸疑心跳加速，最後較量著誰能提早解謎，在三個偵探團的迷人偵探世界翱翔吧！

推薦文

值得被孩子看見與肯定的偵探好書

彰化縣立田中高中國中部教師／葉奕緯

在破舊鐵道旁的壺狀水塔上，一面有著白藍紅三個問號的黑色旗幟，隨風搖曳著，而這裡就是少年偵探團：「三個問號」的祕密基地。

開頭便用破題的方式進入事件，讓讀者隨著主角的視角體驗少年的日常生活，也在他們推敲謎團並試圖解決的過程中逐漸明白：這是團長佑斯圖的「推理力」，加上鮑伯的「洞察力」以及彼得的「行動力」，三個小夥伴們齊心協力，冒險犯難的故事。

而我們未嘗不也是這樣長大的呢？與兒時玩伴建立神祕堡壘、跟朋友間笑鬧互虧、跟夥伴玩扮家家酒的角色扮演，和大家培養出甘苦與共的革命情感——我們都是佑斯圖，也是鮑伯，更是彼得。

從故事裡不難發現，邏輯推理絕不是名偵探的專利。我們只需要一些對生活的感知力，與一點探索冒險的勇氣，就能擁有解決問題的超能力。

某日漫步街頭，偶然看見攤販店家爲了攬客而掛的紅色布條，寫著這樣的宣傳標語：「感謝XX電視台、OO新聞台，都沒來採訪喔！」看似自我解嘲的另類行銷，其實也在默默宣告著：「我們沒有強大的外援背書，但我們有被人看見的自信。」

【三個問號偵探團】系列小說，也是如此。

沒有畫著被害人倒地輪廓的命案現場、百思不解的犯案過程，以及天馬行空的破案手法等各式慣見的推理元素，書裡都沒有出現；有的是十歲孩子的純眞視角、尋常物件的不凡機關、前後呼應的橋段巧思，以及良善正向的應對態度。

或許不若福爾摩斯、亞森羅蘋、名偵探柯南、金田一等在小說與動漫上的活躍知名，但本書絕對有被人看見的自信，也值得在少年偵探類受到支持與肯定。

我們都將帶著雀躍的心情翻開書頁，也終將漾著滿足的笑容闔上。來，一起跟著佑斯圖、鮑伯與彼得，在岩灘市冒險吧！

目錄

人物介紹

藍色問號：彼得．蕭

年齡：十歲

地址：美國岩灘市

我喜歡：游泳、田徑運動、佑斯圖和鮑伯

我不喜歡：替瑪蒂妲嬸嬸打掃、做功課

未來的志願：職業運動員、偵探、活到一百歲

紅色問號：鮑伯．安德魯斯

年齡：十歲

地址：美國岩灘市

我喜歡：聽音樂、看電影、上圖書館、喝可樂

我不喜歡：替瑪蒂妲嬸嬸打掃、蜘蛛

未來的志願：記者、偵探

白色問號：佑斯圖．尤納斯

年齡：十歲

地址：美國岩灘市

我喜歡：吃東西、看書、未解的問題和謎團、破銅爛鐵

我不喜歡：被叫小胖子、替瑪蒂妲嬸嬸打掃

未來的志願：犯罪學家

1 奇怪的幽靈

岩灘市一整天都刮著強風，「三個問號偵探團」的成員佑斯圖．尤納斯、鮑伯．安德魯斯和彼得．蕭，整個上午也因此都待在他們的安全祕密基地「咖啡壺」。

這個祕密基地當然不是真的咖啡壺，而是一個廢棄的水塔。它是蒸汽火車頭的供水裝置，位在一段荒僻的鐵路路段上，離庫斯登街有一點距離。從遠處望去，這個側邊裝有注水壺嘴的老舊水塔，看起來的確很像曾祖母時代的咖啡壺。

三個孩子把偵探辦案器材、一大批漫畫收藏，還有佑斯圖的「腦力補藥」，全放在咖啡壺裡。「三個問號偵探團」的團長佑斯圖，把堆積如山的餅乾、棉花糖和小熊軟糖稱為「腦力補藥」。這些零食是他辦案思考時喜歡吃的東西。

不過，三個問號整個上午大吃特吃的原因，其實是因為下午有許多工作等著他們。他們已經答應佑斯圖的叔叔提圖斯，在回收場裡幫忙照顧舊貨攤的生意。為了替舊貨攤張羅到更多寶物，提圖斯叔叔一大早就前往洛杉磯的拍賣會挖寶了。

佑斯圖的叔叔非常熱愛收集古董。這個回收場的正式名稱為「提圖斯．尤納斯舊貨中心」，裡頭是他多年來的收藏結晶。所有尋找稀奇珍玩的人，都可以在這裡發現最神祕和最古怪的舊東西：瓶中船、奇特的鬧鐘、著名歌手的原版樂曲、半身石膏雕像、巨大鸚鵡標本、古董家具等等，應有盡有。提圖斯叔叔總是說，現代人把東西丟到垃圾堆的速度太快，而且大部分的東西並不算舊，很多都還可以修理，有些甚至因為年代久遠反而更有價值、更迷人。

此時，在咖啡壺裡，佑斯圖正把最後一顆棉花糖塞進嘴巴。「好了，兄弟們，我想，現在是時候了！我們該去回收場囉。」

「我同意，」彼得點點頭，「吃了這麼多甜食之後，運動一下對我們有好處！」

鮑伯也跳了起來，他說：「佑佑，我真的很好奇，這次你叔叔又挖了什麼寶回來。但願我們不必搬太重的東西。」

三個問號爬出咖啡壺，抓起他們的腳踏車，一路騎往回收場。可是，當他們到達時，卻沒看到提圖斯叔叔的人影，反而看見一個像是幽靈的奇怪形體：它披著一張白色床單，一邊發出狂叫，一邊踉踉蹌蹌的在回收場上跳著。

「佑……」那個形體大叫，接著便撞倒散布在四周的其中一塊破銅爛鐵。「唉呦！你在哪……唉！」

「這是什麼東西？」佑斯圖不禁脫口而出。他從腳踏車跳下來說：「要鬧鬼，現在這個時間也太早了吧！」

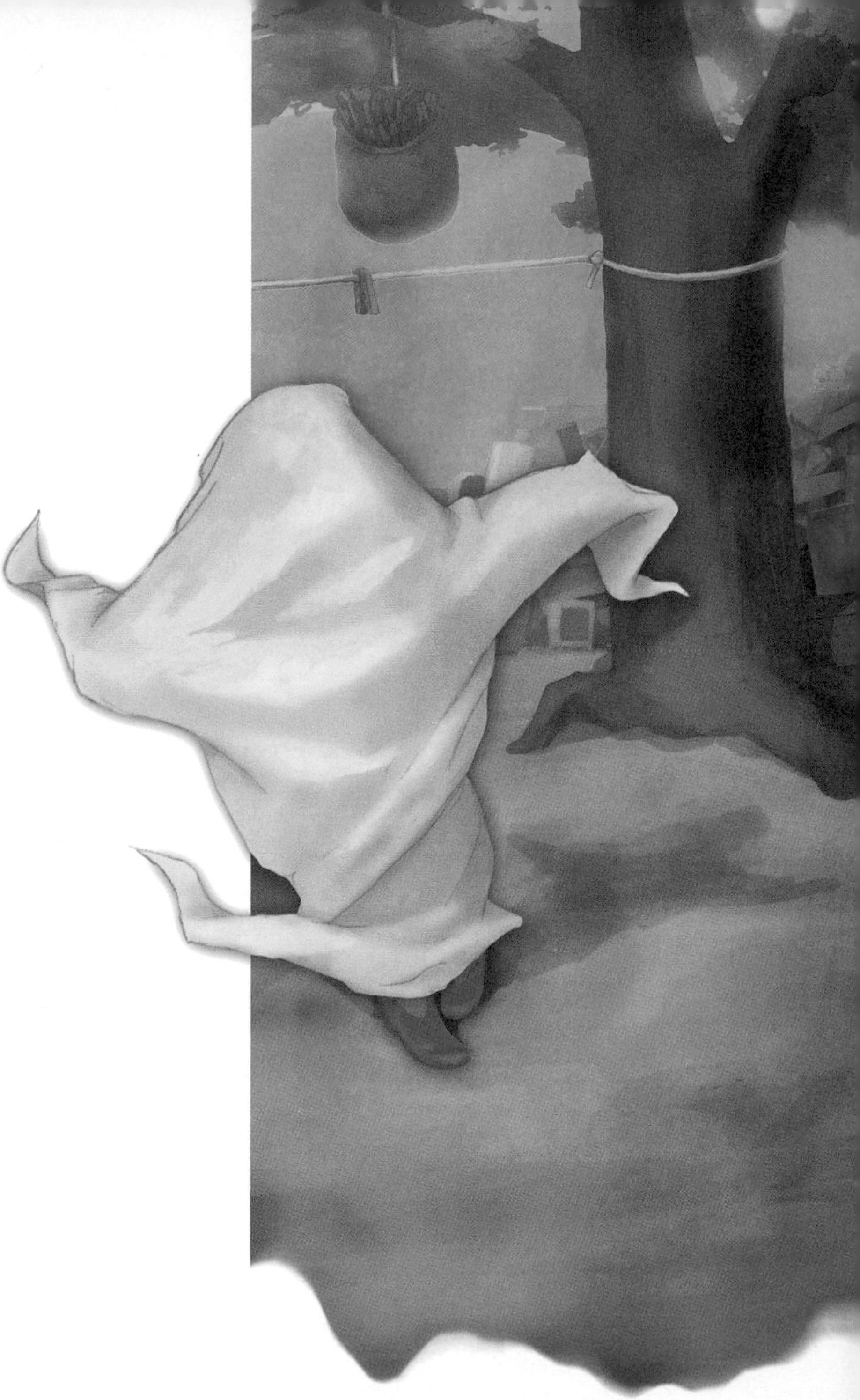

鮑伯和彼得聽了也忍不住竊笑。

不過這個跳來跳去的幽靈，似乎一點也不覺得奇怪。突然，幽靈拉著尖銳的嗓子大叫：「佑斯圖．尤納斯！趕快過來幫我！」

彼得目瞪口呆的說：「佑佑，這不是鬼！聽起來像是……你嬸嬸的聲音。」

沒聽出來的佑斯圖，臉紅了起來。在他五歲的那一年，他的父母因為一場意外喪生，從此他便跟著叔叔和嬸嬸一起住在回收場。不過，在他的記憶當中，瑪蒂妲嬸嬸從來沒有這麼奇怪的舉止。

他忍不住驚訝的問：「瑪……瑪蒂妲嬸嬸，你在那裡做什麼？為什麼你要裝成鬼？」

「我根本沒有裝鬼！」他的嬸嬸抱怨著。「我只是想晒衣服而已。可是風把床單吹到我的頭上，結果我愈是想掀開床單，反而被緊緊捲在裡面！都是你叔叔害的。誰叫他把放晒衣夾的袋子掛在櫻桃樹上，掛得那麼高，我怎麼拿得到！先別說了，你們快把我從這條妖怪床單裡救出來吧！」

「沒問題，尤納斯太太！」正當彼得和佑斯圖忙著把瑪蒂妲嬸嬸從床單解救出來時，鮑伯丟下他的腳踏車，跑向屋子旁邊那棵高大的老櫻桃樹。果然看見晒衣夾的袋子掛在一根很高的樹枝上。他爬上櫻桃樹，取下袋子。

瑪蒂妲嬸嬸總算重獲自由。她「呼」的一聲吐了好大一口氣，接著說：「幸好你們來了！」

鮑伯把裝著晒衣夾的袋子遞給佑斯圖的嬸嬸，然後幫她把床單夾在晒衣繩上。之後，瑪蒂妲嬸嬸趕忙進入屋子內。

就在瑪蒂妲嬸嬸離開的同一刻，一輛小貨車開進了回收場。

坐在駕駛座的是提圖斯叔叔，車子後方的載貨平臺上堆著許多剛從拍賣場買來的物品。其中以一座老舊的大型立鐘特別引人注目，它在這堆雜七雜八的東西裡高聳突出，有如一座塔。

「嘿，孩子們！」提圖斯叔叔一邊喊著，一邊高興的揮著手。「幸好你們來了。我們有一堆工作要做呢！」

2 潔癖發作

提圖斯叔叔並沒有誇大。他在好萊塢的拍賣場上，標到了許多奇特的小東西、一些老舊家具，還有一座笨重的立鐘。這座立鐘甚至比彼得高出好幾個頭——他已經是三個問號中個子最高的了。在立鐘的玻璃面板後方，一個大鐘擺正搖晃著，擺鍾前面還有三個懸掛在長鐵鍊上的重錘。指針盤上除了標示著從I到XI的金色羅馬數字，還有一個月亮盈虧變化的顯示器，很漂亮。

「這座鐘很美麗吧！」提圖斯叔叔從小貨車跳下來，心滿意足的望著這座立鐘。「這座鐘的競標非常激烈，我好不容易才贏過其他買家，低價得標。所以孩子們，請小心把它搬下車子，抬到回收場上，而且擺在每個顧客一眼就能發現的地方。瞧，這個立鐘多好看、多搶眼！」

佑斯圖、彼得和鮑伯爬上小貨車的載貨平臺，小心翼翼的抬起這個笨重的立鐘。這座鐘至少有六、七十公斤重。

「呼！」佑斯圖喘了一大口氣。「提圖斯叔叔，你怎麼不買懷錶就好了呢？這個老爺鐘好像一個笨重的大怪物！」

「是啊，是因為老木材，又有堅固的重錘和大擺錘，才會這麼重。」提圖斯叔叔說。心情愉快的他，已經拿著其他幾樣東西走向小倉庫。那裡是他用來存放奇珍異寶的地方。「孩子們，小心別摔壞東西喔。」

「我們一定會小心，尤納斯先生！」彼得緊緊抓住這個立鐘。

三個問號氣喘吁吁、汗流浹背的，總算把這座古老的立鐘抬到回收場的正中央，擺在一張老舊的扶手椅旁邊。

可是，他們才剛把這個龐然大物放下，瑪蒂妲嬸嬸便出現在屋前的露臺上，喊著：「孩子們，你們在那裡做什麼？這是什麼呀？這個東西放在那裡真是煞風景！」

「怎麼會呢，瑪蒂妲嬸嬸，」佑斯圖抗議著說：「這個鐘一定是吸引顧客的焦點。」

他的嬸嬸盯著他看，說：「吸引顧客的焦點？你腦筋不正常嗎？這是我見過最醜陋的鐘了。你叔叔老是帶一堆醜不啦嘰的東西回來，真不曉得他在想什麼，怎麼會買這種難看的木箱？我們絕對賣不掉。」

就在這個時候，提圖斯叔叔從他的小倉庫裡走出來，聽見他太太最後說的那句話。

「瑪蒂妲，它當然賣得掉。你放心。這個老爺鐘很受歡迎的。在拍賣會上，有一個女人不斷下標，我是好不容易才搶到的。」他接著轉身對三個問號說：「好了，孩子們，現在我要交給你們另一個任務。拜託你們……」

「拜託你們立刻把這個鐘搬到最後面的角落，」瑪蒂妲嬸嬸打斷他的話，接著說：「擺在紅色的舊絨布沙發旁邊。無論如何，我不想再看到這個大怪物。」

佑斯圖、彼得和鮑伯才想開口，但瑪蒂妲嬸嬸兩手叉腰，說：「不必再說了，否則我可能會想起來，我們已經好久沒有仔細整理回收場了，今天剛好很適合大掃除。」

三個問號連忙望向提圖斯叔叔，發出求救的眼神。只見他揮了揮手，輕聲的說：「大家最好照著她的話做吧。很抱歉，孩子們，我無能為力。」畢竟瑪蒂妲嬸嬸的潔癖一發作，是沒有人能夠阻止她的。

提圖斯叔叔給了每個人一塊美金，當作工作酬勞，然後飛快的拿著其他的得標物品閃進小倉庫裡。

佑斯圖嘆著氣說：「我們沒意見，瑪蒂妲嬸嬸！」

於是這三個好朋友合力把笨重的鐘拖到最後面的角落。當他們完工時，已經汗流滿面。

「呼！終於完成了！」鮑伯走向小貨車，望著載貨平臺。「你們看，這是什麼東西？」鮑伯驚訝的指著平臺上唯一剩下的東西，那是一個白色的迷你塑膠擴音器。

彼得笑著說：「我弄給你看！」他抓起擴音器，放在嘴巴前面說：「鮑伯．安德魯斯、佑斯圖．

尤納斯，你們被逮捕了！」他的聲音聽起來像極了老警官。

佑斯圖和鮑伯嚇了一跳，說：「你怎麼弄的？」

彼得露出得意的笑容說：「兄弟們，這是一種扭曲聲音的變聲器，用來開玩笑的道具！透過這個擴音器，可以發出不同的聲調。」彼得拿著擴音器又示範了一次。這一回，他的聲音聽起來像一隻咯咯叫的雞。

彼得說：「我從我爸那裡學來的。他曾經給我一個裝了變聲器的鬼面具。」彼得的父親，是好萊塢製片廠的電影特效專家。

「太酷了！」鮑伯拿起這個白色的擴音器，然後用一個充滿回音、聽起來像外太空指揮官的聲調大喊：「對所有又舊又醜不啦嘰的老爺鐘發射！櫻桃蛋糕萬歲！」彼得和佑斯圖發出了爆笑聲。

就在這個時候，從他們背後傳來一個怒氣沖沖的聲音：「噢，我的天！伊莉莎白！我們到了什麼鬼地方？這些又蠢、又無聊、又流著臭汗的小孩，在這裡發出瘋瘋癲顛的怪聲，而且還跳來跳去！我今天怎麼這麼倒楣！」

3 滿腹牢騷的婦人

三個問號聽到聲音，驚訝的往四周看。最後，看見一個瘦弱的婦人站在回收場的入口。她穿著鼠灰色的套裝，兩眼瞪著佑斯圖、彼得和鮑伯，然後揚著眉毛看著四周堆積如山的破銅爛鐵。她牽著一個年約十一歲、黑髮藍眼而且戴著眼鏡的女孩。

「伊莉莎白，今天早上我們在拍賣會被騙了，難道我們受的罪還不夠嗎？現在竟然還得在垃圾堆裡翻東西。」這個婦人聳著肩膀，然

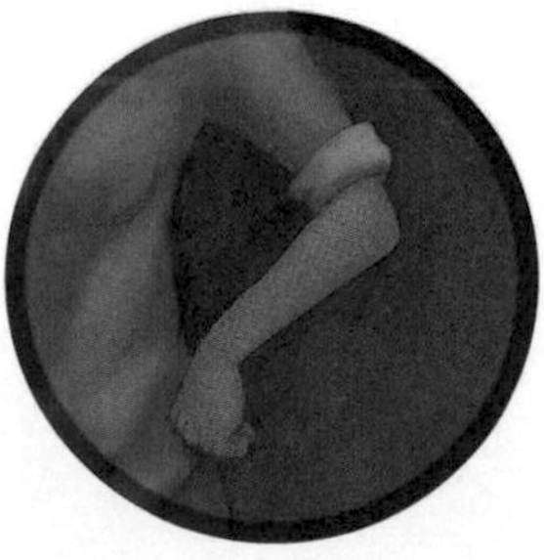

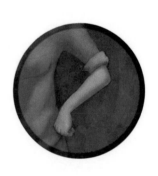

後意氣風發的走向三個問號。她從皮包掏出一張紙條，說：「孩子們，這個垃圾掩埋場是……尤納斯先生的嗎？我是說提里提里巫斯．尤納斯。」

「是提圖斯．尤納斯，」佑斯圖糾正她，「而且這裡不是垃圾掩埋場，是一個舊貨店，名稱是提圖斯．尤納斯舊貨中心，不但聲名遠播至岩灘市之外，而且大家有口皆碑。如果您要找稀有的珍藏品、遺落的古董和奇珍異寶，來這裡準沒錯。」

這個婦人瞪著佑斯圖。「孩子，你講話總是這麼驕傲嗎？」她撇起嘴角說。「還有，你上次洗澡是什麼時候？你聞起來有點臭！」

鮑伯聽了努力忍住笑意，然後開口解釋：「對不起，女士，我們是因為剛才整理和搬動了一些新買進的貨品，所以才汗流浹背。不過，您到底想找什麼東西呢？」

這個女人斜眼瞄著鮑伯，說：「別以為你看起來比你的玩伴好。在這個垃圾場，難道完全沒有大人嗎？」

就在這個時候，她身邊的女孩興奮的拉了一下女人的袖子。「維爾瑪太太，您看那裡！」這個名叫伊莉莎白的女孩，發現了擺在回收場後面的大立鐘。她一邊帶著歉意的向三個問號微笑，一邊指著那座鐘。

「就是它！」這個婦人發出尖叫。「我確定，就是這個鐘！」接著她又迅速轉向三個問號，說：「孩子們，謝謝，我們已經不需要幫忙了。我們自己慢慢看就好！」

「這位女士，當然沒問題。」佑斯圖很有禮貌的微笑，看著她們兩個急急忙忙的走向大立鐘。

「真是的，怎麼有這種愛發牢騷的老太婆啊！」彼得嘆著氣說。

「天曉得。可是如果她把老爺鐘買走，瑪蒂妲嬸嬸一定會非常開心。」佑斯圖喘一口氣說。

鮑伯點點頭。「我只是可憐那個女孩，她看起來其實很親切。每天要和這種母老虎住在一起一定很可怕。」

「對啊，」彼得說：「待在那個潑婦身邊，她看起來並不是很開心。」就在此時，彼得突然把嘴張得很大。「兄弟們，是我瘋了嗎？

她們兩個在那裡幹麼？」

鮑伯和佑斯圖朝彼得的視線望去。只見那個瘦巴巴的維爾瑪太太，正捏著一張面紙，從一堆破銅爛鐵當中拉出一張布滿灰塵的小凳子，然後一臉噁心的把它擺在立鐘前面。接著她用尖銳刺耳的聲音喊著：「伊莉莎白！你站到凳子上！」

令三個問號感到詫異的是，這個女孩立刻聽從她的話，站在凳子上，面向立鐘，動也不動。

「就保持這樣！」維爾瑪太太一邊說，一邊從口袋裡掏出一張紙條，仔細讀著。然後，滿心期待的抬頭看著女孩，說：「好，伊莉莎白，現在說出數字！」

只見伊莉莎白深深吸了一口氣，接著咬字清楚的大聲喊著：「四，五，七！」之後便沉默不語。

「這是怎麼回事？她們真的在和鐘說話嗎？」鮑伯小聲說。

佑斯圖聳聳肩，說：「看起來好像是。我們不如靠近一點觀察。走吧，我們可以躲在那一大堆椅子後面。」

三個問號用飛快的速度，一聲不響的躲到佑斯圖建議的藏匿處，繼續觀察這兩個人的行為。

「伊莉莎白，你要唸得更清楚一點。再一遍，開始！」維爾瑪太太說。

「好的，維爾瑪太太！」伊莉莎白稍微往前傾，更靠近立鐘一

些。接著她大聲說：「四，五，七！」但是仍舊沒有任何動靜。

「怎麼會這樣！」維爾瑪太太失望的喊著。「還是沒用！一定是你哪裡做錯了。用心一點！」

「可是我已經全部照您的指示做了呀。」伊莉莎白忍不住抱怨。

「你才沒有，」維爾瑪太太生氣的說：「否則我們早就成功了。」她看著手上的紙條，然後下了另一個決定：「好，我們試試別的方法。這次不要把數字一個一個說出來，而是說出總數！」

「您是指四百五十七嗎？」伊莉莎白問。

「嘖，廢話！」維爾瑪太太怒吼著。「還有，再靠近一點。」

伊莉莎白貼近立鐘，她的鼻尖已經碰到了鐘面上的玻璃。接著她非常誠心的說：「四百五十七！」

三個問號看得目不轉睛。然而這個鐘仍舊沉靜的立在那裡。

「再近一點，我說過了，」維爾瑪太太喘著氣說：「伊莉莎白，你知道你必須聽監護人的話，那個人就是我！如果你的父母地下有知，一定會很震驚你怎麼這麼沒用！現在，給我放聰明一點！」

「可是維爾瑪太太……」這個女孩的眼睛泛著淚水，「……我不知道我到底還要怎麼做。」

「你們聽到了嗎？」佑斯圖臉色一變，小聲的說：「真是太悲慘了！那個女孩的爸媽好像過世了。而這個瘦巴巴的灰色母老虎，竟然是她的監護人！」

4

重重謎團

鮑伯和彼得都知道，佑斯圖也很早就失去了父母，所以他們能夠理解佑斯圖特別同情伊莉莎白的處境。畢竟，被這種嘮叨又不講理的母老虎控制，不論是誰都受不了。

「伊莉莎白，快點！」這時候維爾瑪太太說：「你再把這個數字說一次！」這個女孩又順從的大聲說了一遍。然而這一次也沒有達成目的。

「真是氣死我了！」婦人火冒三丈的把伊莉莎白推下凳子，然後自己站在立鐘前面，打開鐘面數字盤前的玻璃板，胡亂撥動指針，一邊狂喊著：「四，五，七！一定可以的！四，五，七！」

「可是維爾瑪太太，」伊莉莎白受驚的喊著，「您這樣會把鐘弄壞！」

「這個老太婆失心瘋了。」鮑伯小聲說。

「我受不了了！」躲在一堆椅子後面的佑斯圖脫口而出。他大聲喊：「哈囉！這位女士，即使這裡賣的全是舊貨，您也不該這麼粗魯的對待它們。這些物品通通歷經了不計其數的主人，卻還倖存著，請您不要破壞它們！」

「什麼？」維爾瑪太太嚇了一跳。「你這個沒洗澡的髒鼻子野小孩，怎麼會突然冒出來？」

「我的鼻子和您的一樣乾淨。」佑斯圖平靜的說。

「你好大的膽子！」維爾瑪太太憤怒的把兩手叉在腰上。「到底是誰允許你在這裡玩耍？」

就在這時，有人在維爾瑪太太的背後咳了一聲，說：「我的姪兒佑斯圖不是在這裡玩耍，他住在這裡，平常也會幫忙我看店。況且在這裡搗亂的是您自己。」是提圖斯叔叔聽到外頭有聲音，從他的倉庫裡走了出來。

他憤怒的望著維爾瑪太太，繼續說：「佑斯圖請求您不要破壞這裡的展示品，他這樣做完全正確。」

突然間，他驚訝的喊了出來：「你不就是今天早上在拍賣場跟我搶標老爺鐘的那個人嗎？你早上罵了我還不夠，現在還要跑來這裡大鬧？」

「是你在拍賣會時擺了我一道！」維爾瑪太太尖叫著。「你下標兩次之後，假裝想離開拍賣會，結果卻偷偷站在門口，讓我看不見你，最後卻在那裡又投標一次。」

提圖斯叔叔微笑著說：「這是拍賣場的老伎倆：絕對不要讓其他投標者知道你想買的東西。但是，你也沒有繼續投標，並不是我的錯。」

「我漏聽了你的出價，然後這個老爺鐘就賣掉了！所以這是你的錯。」

提圖斯叔叔點著頭說：「我懂了。所以你現在想買這個鐘？沒問題，只要兩百塊美金，它就是你的了。」

「兩百塊美金！這是暴利！」維爾瑪太太皺著鼻子說：「你根本就是奸商。」

提圖斯叔叔聳聳肩，心平氣和的說：「親愛的女士，我不會讓你繼續辱罵我，請你現在就離開我的舊貨中心。」

「等一下！呃……我不是這個意思……這是兩百塊美金，給你。那麼老爺鐘就是我的了。」維爾瑪太太結結巴巴的說。

提圖斯叔叔想了一下，便毅然決然的搖搖頭。「很抱歉，我不賣了。雖然我是生意人，但是也不能任人隨便糟蹋。請你現在離開我的舊貨中心，免得把貴重的東西弄壞了。」他伸出手指著出口，態度友善卻堅決。

維爾瑪太太大吃一驚。然後她抓住伊莉莎白的手臂，憤怒的拉著這個受驚的女孩用力踱步離去。「走！看起來住在這個垃圾場的人不需要錢。」

「孩子們，很抱歉讓你們目睹這場爭吵。在拍賣會上，這個太太對老爺鐘一直抱著勢在必得的態度。她顯然是在生氣最後沒能標

到。」提圖斯叔叔邊說邊走近立鐘，檢查鐘擺和鐵鍊。

「看起來一切都還正常。幸虧我們運氣好。」他轉上發條，啟動擺錘。慢慢的，鐘擺開始來回搖晃。

提圖斯叔叔滿意的微笑著，然後又踏進了他的小倉庫。

三個問號你看我，我看你。鮑伯說：「這個老爺鐘裡面一定藏著某種祕密。一個和數字有關的祕密。這就表示，我們有新案子要偵辦了。」

彼得搖搖頭說：「和一個古董鐘有關的案子？我很難相信這個案子會成立。」

「為什麼不會？」佑斯圖問。接著他大聲喊出「四，五，七」，然後專注的盯著立鐘。還是什麼也沒發生。

佑斯圖在立鐘上到處按壓，說：「不知道裡面有沒有一個祕密抽屜？倒楣的是，我們沒看見維爾瑪太太手上那張寫著數字的紙條。說不定紙條上還有其他線索。」但是他再怎麼找，也找不到任何有關祕密抽屜的蛛絲馬跡。

過了十分鐘之後，三個問號偵探團的團長放棄了。

「什麼也沒有，至少我什麼也沒找到。」他望著好友們，若有所思的說：「即便如此，我還是深信不疑，這個奇怪的維爾瑪太太一定有什麼企圖。」

「沒錯，」鮑伯同意佑斯圖的話，「她一定有目的。誰會對著一個鐘大聲唸出數字，實在太荒謬了。說不定那個老太婆是個神經病？」

彼得說：「那還用說。兄弟們，你們知道我怎麼想嗎？我覺得她千方百計想把這個鐘弄到手，所以在這裡演出一場秀，好讓你叔叔留下深刻的印象。結果她的計畫失敗，只好帶著她的養女伊莉莎白離開了。」

「伊莉莎白不是她的養女，是被監護人。」佑斯圖解釋著：「因為自己的父母不在了，住在監護人家裡的小孩，稱做被監護人。但是你的看法也有道理，說不定剛才那一切只是一場瘋狂鬧劇而已。」他深深吸了一口氣。「好了，兄弟們，我們已經勤奮工作了一天，現在我累了。我提議，我們暫時先把這件莫名其妙的事情擱到一邊吧。反正不論維爾瑪太太的企圖是什麼，我們今天也查不出來。」

彼得和鮑伯同意佑斯圖的建議。於是三個問號互相道別，佑斯圖看著兩個好朋友離開，他才踏著緩慢的步伐進入屋內。和瑪蒂妲嬸嬸、提圖斯叔叔共進晚餐後不久，他便上床睡覺了。

夜裡，一場威力強大的雷雨襲捲了岩灘市。佑斯圖從睡夢中醒來，聆聽著屋外的滂沱大雨，不知不覺又睡著了。可是不一會兒他又再度醒來。這一次並不是因為雷雨，而是他聽見了輕輕的「沙沙」聲。

是風吹動了百葉窗嗎？不是，很明顯是腳步聲。有人半夜在回收場上走動。

佑斯圖悄悄走到窗前，掀起窗簾一角。雨已經停了，在澄淨的夜空裡，星星顯而易見。皎潔的月亮，將銀白色的月光灑在回收場上。在那裡！有腳步踏在入口處的礫石上！佑斯圖毫不猶豫的抓起一支大手電筒，然後爬到窗臺上。他的臥室位在二樓，下方就是提圖斯叔叔的小倉庫，所以從窗戶越過倉庫屋頂爬到室外，是輕而易舉的事情。每回遇到危急的情況，三個問號的團長常常會利用這條捷徑。而這一次的情況也很反常：某種詭異的現象正在發生。

5

幽靈出沒

身上穿著條紋睡衣的佑斯圖，像一隻貓似的，靜悄悄的朝著小倉庫移動。突然間他聽到講話聲。

「往那裡走！白痴！」這個叫聲直接從回收場的入口處傳來。

「去老爺鐘那裡！」這個聲音變得更加咄咄逼人。

突然，一個影子閃過佑斯圖面前。他嚇了一跳，手電筒差點就從手裡滑落。

「對！就是那裡！」這個聲音說。

佑斯圖轉頭望向大立鐘。有一個全身披著黑袍的人正站在立鐘前。

「很好，現在你把數字唸出來。」在入口處的聲音說。

佑斯圖的心跳加速。這裡發生什麼事？是誰躲在黑袍裡？就在這一刻，那個人的手從黑袍裡伸出來，在月光下看起來和鬼一樣蒼白。他的手裡拿著一張皺巴巴的紙條，接著便含糊的喃喃自語著。佑斯圖把雙手放在耳朵後面仔細聆聽。

「四，五，七。」

「好，這樣可以。再一遍！」在回收場入口處的聲音帶點沙啞。

「四，五，七。」穿著黑袍的幽靈又重複了一遍。

佑斯圖嚇一跳。這不就是伊莉莎白在鐘前說出的數字嗎！現在這個穿著黑袍的不明人士也做著同樣的事情……太詭異了。在入口處的聲音又傳出重複數字的命令。此刻佑斯圖非常確定，這是維爾瑪太太的聲音。指使那個穿黑袍的不明人士的人就是她！

「轉動指針！」她帶著不悅的語氣小聲說。

這個黑色幽靈把紙條放在旁邊的紅色絨布沙發上，然後打開數字盤上的玻璃板。

佑斯圖看了一下手錶。正好是午夜十二點。就在這一剎那，大立鐘開始敲鐘。這個黑色幽靈一時驚嚇的把手縮回，踉踉蹌蹌的跌坐在被大雨軟化的泥地上。

「白痴！白痴！白痴！快滾！動作快！」維爾瑪太太生氣的說。

佑斯圖決定非弄清楚是誰掩藏在黑袍底下不可。他趁著黑色幽靈站起來的瞬間，果斷的轉開手電筒，直接把光源照在那個不明人士的頭上。

就在那一瞬間，佑斯圖看見了那個人下半部的臉。他覺得很眼熟。這個幽靈被照到以後立刻轉身，以迅雷不及掩耳的速度奔向出口處。緊接著，佑斯圖聽見兩個車門關上的聲音，然後有一輛車在嘎嘎作響的輪胎聲中，穿過黑夜急駛而去。

佑斯圖無法置信的揉著眼睛。這當中有什麼關連？為什麼這座神祕的立鐘引起這麼多人的興趣？為什麼維爾瑪太太又來這裡重新唸出數字？佑斯圖好奇的望著這個古怪的鐘。午夜十二點時，它敲了十二響，現在只有低沉的滴答聲從立鐘內部傳出來。

佑斯圖緊張的環顧四周。不知道瑪蒂妲嬸嬸有沒有被吵醒？幸好，屋子裡的燈光沒亮，只有蜷伏在老櫻桃樹杈上的一隻貓咪輕輕叫著。

突然，佑斯圖發現了一樣東西：在紅色絨布沙發上，放著黑色幽靈照著唸出數字的紙條。他在倉促逃離的時候，忘了帶走！佑斯圖撿起紙條，握著拳頭說：「太好了！終於發現了第一條線索。」

6 古怪的鞋印

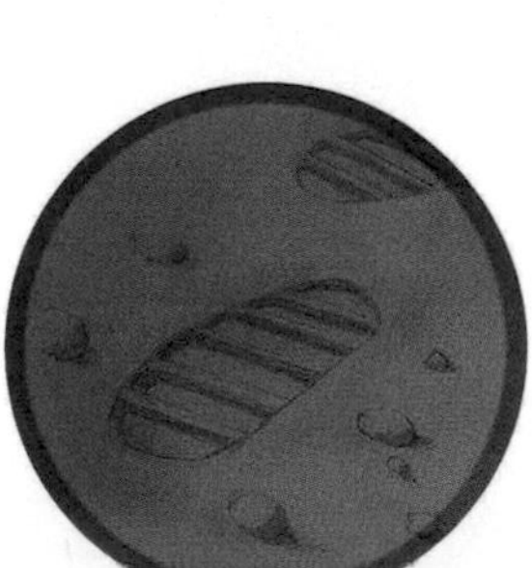

隔天早晨，佑斯圖被一個活力充沛的聲音叫醒：「起床！快八點了。」是瑪蒂妲嬸嬸。她心情愉快的在小露臺上布置早餐桌。

佑斯圖疲倦的揉著眼睛回答：「好，我馬上就來。」

「快一點！有熱呼呼的櫻桃蛋糕喔！」

佑斯圖聽了立刻大動作跳下床。瑪蒂妲嬸嬸的櫻桃蛋糕最棒了！

令人垂涎欲滴的蛋糕香味，也把提圖斯叔叔從倉庫裡引誘出來。

「哇，好熟悉的香味……我想，那臺壞掉的割草機可以等一下再修理。早安，瑪蒂妲。」

佑斯圖乒乒乓乓的飛奔下樓，一把抓了露臺上的一張藤椅坐下。

「早安，佑斯圖。」提圖斯叔叔說：「你看起來很疲倦，好像昨晚失眠一樣。一定是因為雷雨的關係吧？」

瑪蒂妲嬸嬸幫佑斯圖倒了一杯熱可可。「你叔叔說得沒錯。你看起來很蒼白。來，好好喝一大口熱可可，讓你恢復精神。否則你可能會餓死。」

就在這時候，彼得和鮑伯騎著腳踏車來了。

「嗨，佑佑！」彼得迎面喊著：「我想，我們來得正是時候。我聞到了櫻桃蛋糕的香味。」

瑪蒂妲嬸嬸切了兩大塊櫻桃蛋糕。「來吃吧。還有很多，人人都有份。對了，提圖斯，你得趕快吃完早餐。今天岩灘市有市集，你已經答應我要幫忙採買。如果太晚去，最好的東西就會被買走了！」

提圖斯叔叔氣定神閒的又喝了一口咖啡。他笑著說：「怎麼可能，最好的早就在我身邊了。那就是你啊！」

瑪蒂妲嬸嬸聽了頓時面紅耳赤。吃過早餐，他們兩個就開著老舊

的小貨車離開了。

佑斯圖拿了兩塊櫻桃蛋糕給好友，然後說：「跟我來！我有東西要給你們看。」

彼得和鮑伯好奇的跟著他走到老立鐘前。

佑斯圖說：「你們一定不敢相信昨天夜裡發生的事。」接著便把整個事情經過告訴他們。

「太詭異了！」鮑伯驚訝的說，然後坐在紅色的絨布沙發上。「他們到底想從這個巨大的鬧鐘裡得到什麼？」

佑斯圖和彼得也坐了下來。彼得有點緊張的說：「我也覺得這個鐘很奇怪。提圖斯叔叔買了這個怪物鐘，真的好嗎？」

佑斯圖把最後一口櫻桃蛋糕塞進嘴裡，然後說：「當然好。否則我們現在就沒有案子可以偵辦啦。」

「什麼案子？」鮑伯驚訝的問。「到目前為止，又沒有人發生事情，也沒有東西被偷。」

佑斯圖把眼睛瞇了起來。「是還沒有人發生事情。但是根據我粗淺的判斷，這個情形隨時都可能改變。」

彼得嘆了一口氣。「我就知道。佑佑，你的鼻子已經嗅出了一個線索。最糟糕的是：你幾乎每次都是對的。」

「我的評斷正確，不是靠好運，而是靠腦力。」佑斯圖解釋。

「對啦，對啦，你的腦力非常豐富。」彼得取笑著說：「一定是因為櫻桃蛋糕的關係。」

三個問號聽了，頓時全部捧腹狂笑，笑聲驚擾了蜷伏在櫻桃樹上的貓咪，因而一溜煙跑掉了。

鮑伯從紅色沙發站了起來，好奇的把這個立鐘又查看了一遍。

「這個老爺鐘裡面到底有什麼祕密？」

「我還想知道是誰在半夜幫維爾瑪太太搜查這個鐘？」佑斯圖用大拇指和食指捏著下脣。「絕對不是伊莉莎白。那個披著黑袍的幽靈比她還高。」

「說不定她踩著高蹺。」彼得思索著。

佑斯圖說：「如果是這樣，我早就注意到了。因為我在一瞬間看見了這個人的臉下半部。假如我能想起來他的臉像誰就好了……」

鮑伯接著說：「我不相信伊莉莎白會做這種事，她很……」

「你就儘管說出來吧。」彼得笑得很賊。

鮑伯用力推了他一下。「唉，別鬧了！不是你想的那樣。我是用偵探的角度就事論事。」

因為鮑伯推得太大力，所以彼得先是搖搖晃晃，接著便一屁股跌坐在地上。就在他準備站起來時，他興奮的大叫：「你們看，那個幽靈留下了腳印！」

佑斯圖好奇的彎下腰。「你說得沒錯。這是巨大的鞋子所踩的痕跡，不是我們的腳印。」

鮑伯也察看了這些足跡。「會不會是提圖斯叔叔的腳印呢，佑佑？」

「不可能。原因是：昨天晚上的大雨把回收場上所有的足跡都沖掉了。這裡的腳印一定是雨停之後才出現。很明顯就是那個幽靈的腳印。」

「你滿厲害的嘛，超級偵探先生！」鮑伯打趣著說：「我提議，我們把腳印做成石膏模型。」

佑斯圖很快的跑進他的臥室，不久之後便拿著一個大袋子回來。他說：「製作石膏模型需要的東西，全部都在這裡。開始動工吧！」

7

猜謎

足跡存證，是三個偵探的基本任務。他們迅速的用一條硬紙板圍住其中一個腳印，然後由彼得把液狀石膏倒進去。就在這個時候，有一個男子騎著腳踏車穿過回收場的入口處。他穿著深色的衣服，臉上沾滿了煤塵，讓人認不出長相。他的肩膀上扛著一座長梯子。

這個景象讓佑斯圖一時之間忘了石膏模型。他說：「這個煙囪工人又來這裡做什麼？他通常一年只來一次，不是嗎？」

黑衣男子朝著佑斯圖騎來，然後向他握手。

「對，握用力一點，」男子笑著用低沉的嗓音說：「和煙囪工握手會帶來好運喔(註)。我必須上屋頂檢查一下煙囪。」

佑斯圖猶豫了一下，然後指著屋子說：「請便。您儘管工作吧。我們現在很忙。」

煙囪工點點頭，便把腳踏車停放好，走向屋子。他一邊愉快的吹著口哨，一邊把梯子靠在牆上，然後踏著梯級往上爬。

三個問號又專注的盯著地上的腳印。彼得伸出一根手指壓著柔軟的石膏，說：「還要再等一會兒。」

突然間，佑斯圖拍打著額頭說：「兄弟們！我差點就忘了最重要的事。那張紙條！黑色幽靈昨晚放在絨布沙發上，忘了帶走。」

「那張紙條在哪兒？」鮑伯興奮的叫著。

「在我的褲袋裡。」佑斯圖急忙攤開紙條，他的兩個好友也一起圍著看。

鮑伯用身上的T恤擦亮眼鏡，說：「上面的字怎麼這麼潦草？我看不懂。」

佑斯圖也很吃力的解讀著這個筆跡。「呃，這裡寫著：四隻驢子太晚到達教堂。觀察一隻手就可以知道，小矮人不孤獨。」

彼得直接往沙發一倒，無奈的說：「聽起來像是你們擅長的任務。這種謎題只會讓我頭痛。」

佑斯圖又把這些句子唸了一遍。可是三個問號當中，沒有人能領悟其中道理。

突然間，彼得跳了起來。「等等！我想到了。這個謎題裡隱藏了數字：四隻驢子，一隻手有五根指頭，而童話中的小矮人有七個。」

鮑伯的精神一下子振奮了起來：「這就表示：四，五，七。佑佑，這正是我們昨天聽到的數字！」

佑斯圖興奮的點著頭。「對，沒錯。可是到目前為止，這些數字並沒有幫助。假如不是線索錯誤，就是這些數字不正確。況且我們還不知道驢子代表什麼意思。」

「驢子表示『愚蠢』。」鮑伯回答。

「對，所以這個『四』或許是陷阱。一般來說，數字猜謎的題目裡不會出現數字。而且這個謎題裡的『四』是唯一被寫出來的數字，卻偏偏和驢子有關係！」

「那當然，」彼得做了總結，「愚蠢的人才會掉入陷阱。所以這個『四』行不通！」

佑斯圖點點頭。「很有可能。比較重要的是第一句當中的『教堂』。可是哪一個數字和教堂有關？提到教堂，你們會想到什麼？」

鮑伯望著立鐘的指針，若有所思的說：「教堂有一座尖塔和許多窗戶，星期日上午十點是上教堂作禮拜的時間。」

佑斯圖拍手表示贊同：「有可能。教堂代表了數字『十』。」他用一根棍子把數字寫在沙上。「然後還有『五』，因為一隻手有五根指頭，還有『七』，因為有七個小矮人。」

鮑伯把寫在地上的數字依序唸出：「十、五、七。我們是不是該對著立鐘小聲說出這些數字？」

佑斯圖搖搖頭。「不必，兄弟們，因為這並不是一般數字。這是時間：十點五十七分。」

彼得欣喜若狂的說：「太神奇了。我打賭，我們根本不必對著鐘說出『十點五十七分』，而是把鐘調到這個時間。我來試試看。」

他走向立鐘，打開數字盤上的玻璃板，用手指把兩根指針撥到十點五十七分。就在這一剎那，數字盤的中央凸出了一個小按鈕。彼得不加思索的按了下去。

「現在我迫不及待想知道會發生什麼事。」彼得喃喃的說。

註　德國自中古世紀以來，穿黑衣的煙囪工就具有重要的意義。因為沒有清掃的煙囪或者建造不良的煙囪，常導致火災，並迅速蔓延至左鄰右舍，一發不可收拾，所以沒有遇到火災的住戶常會說：還好煙囪工來清掃過了，我們真是幸運。後來逐漸演變成只要看到穿黑衣的煙囪工就能帶來好運。

8

敏銳的嗅覺

這座立鐘突然發出古怪的聲響，滴滴答答又嘎吱嘎吱，彷彿內部有許多齒輪轉動著。彼得緊張的往後退一步。三個問號聽到一個轟隆聲，接著出現一連串令人毛骨悚然的聲音。剛開始只能聽到單獨的音符，可是接著便是低沉男聲唱的歌曲。

「這……這……？」彼得正想發問，可是佑斯圖把食指放在嘴脣上：「噓！小聲！注意聽這首歌！」

火不斷燃燒，
人們不斷奔跑！
然而岩灘市有個英雄，
不分氣候救火。
這個英雄應該受到表揚，
繼承人皆大歡喜。
但是他們必須先證明，
遺產歸屬他們。
他們的聲音具有一股力量，

足以顯示他們誠實無欺！
因為只有他的血親，
將獨自獲得全部的美物！
為此繼承人必須順著他的心臟，
到達綠藻之處。

彼得目瞪口呆。「這簡直是胡言亂語嘛。這首歌從哪裡發出來的？」

佑斯圖把頭探進鐘內。「應該是我們剛才調整的時間啟動了機械，類似音樂盒的原理。這件案子愈來愈有趣了。」

沒有人發覺鮑伯從口袋裡掏出一本小冊子，迅速記下了歌詞片段。「火，英雄，遺產，聲音，綠藻。我們又有一個新謎題了。」他唸著。

佑斯圖拿走他手上的小冊子說：「跟我走！我們到露臺上一起動腦筋想吧。那裡還有櫻桃蛋糕。有蛋糕在我的嘴裡，比較能夠幫助我思考。」

這三個男孩才在藤椅上舒服的坐下來，屋頂上的煙囪工就爬下了梯子。三個問號因為一時興奮，完全忘了煙囪工在場，也沒有察覺他一直偷聽他們說話。他悶聲不響的走到立鐘前，開始撥動指針，接著又響起了那首詭異的歌。

「喂！您在那裡做什麼？不要碰那個鐘！」佑斯圖喊著。

煙囪工吃了一驚，趕忙奔向他的腳踏車。彼得跳了起來，不小心踢倒了藤椅，接著便緊追在這個男人後面。「不要跑！」

快接近回收場入口時，彼得才追上。當彼得正要抓住這個男人時，男人卻賣力往前衝一大步，所以彼得只抓到了他左腳的鞋子。接著這個假煙囪工便逃得無影無蹤。

「真是可惡！」彼得氣喘吁吁的說。「只

差那麼一點點，我就逮住他了。」

「一開始我就覺得這個傢伙很可疑，」佑斯圖嘆著氣說：「我根本不該讓他上屋頂。我打賭他一定全部聽見了。」

「很明顯，他是間諜。」鮑伯說。「兄弟們，這是第三次有人企圖接近這個立鐘。先是維爾瑪太太和伊莉莎白，然後又是維爾瑪太太和黑袍幽靈，現在是假煙囪工。」

彼得深吸了一口氣。「可是這一次我們有一個證物。你們看：我抓到了他的鞋子。我們掌握了一條重要線索。」

佑斯圖觀察著這隻髒兮兮的運動鞋，然後說：「事情漸漸可以拼湊在一起了。快，我們趕快看看石膏模型變硬了沒有。因為我懷疑……」

三個問號迫不及待的跑向製作模型的地方。彼得和鮑伯檢查了石膏。「太好了，石膏已經硬得像石頭，可以把模型拿起來了。」

佑斯圖拿著那隻煙囪工的鞋子，將鞋底和石膏模型的底部對照比較。「果然沒錯！完全符合我的猜測：腳印就是來自這隻鞋子。這就表示，這個假煙囪工和昨夜裡的黑袍幽靈是同一個人。我們的偵辦有進展了。」

鮑伯望了一眼牆上的梯子說：「問題只在於，這個假煙囪工是否聽見了歌詞。」

佑斯圖把石膏模型放回地上，接著說：「很有可能。畢竟這首像幽靈般的歌曲非常大聲。假如在立鐘內唱歌的幽靈洩露了機密，那麼假煙囪工當然也都聽到了。況且他還自己撥動了指針，讓這首歌曲又播放了一遍。」

鮑伯揮著他的小冊子說：「現在就看這個間諜能不能記住歌詞。不論如何，我已經把歌詞寫下來了。而且我還想到一個辦法，只要這樣做，世界上就沒有人能夠再讓這個鐘唱歌。」

「你打算怎麼做？」彼得驚訝的問。

鮑伯說：「只要把指針折掉就好了。這樣一來，就沒有人可以設定祕密時間，也無法讓幽靈唱歌。」

轉眼間，他已經把指針折下來了。彼得點頭贊同。「現在佑佑必須編一個故事，好對提圖斯叔叔交代。要是他發現新買的鐘少了指針，一定很不開心。」彼得笑著說。

三個問號全笑倒在紅色絨布沙發上。突然間，佑斯圖皺起了鼻子。發現手上一直握著假煙囪工的鞋子。「噢！這隻鞋子好臭！太恐怖了。」三個問號的團長連忙要丟掉鞋子，可是他又突然住手，全神貫注的再聞了一次。

鮑伯皺起臉說：「佑佑，雖然你的偵探嗅覺很靈敏，可是你不覺得你這樣聞臭鞋子很誇張嗎？」

但是佑斯圖搖搖頭，說：「不會！因為我現在知道，昨晚那個黑袍幽靈的臉讓我想起了誰。就在我剛才聞鞋子的時候，我想到了。」

他的兩個好友充滿期待的望著他。

「趕快說吧！」彼得喊著。「你想到誰？」

「史基尼・諾里斯。在下著大雷雨的夜裡，我們的死敵偽裝成幽靈，在回收場上鬼鬼祟祟的。」

鮑伯拿起佑斯圖手上的鞋子一聞，小聲的說：「佑佑，你說得對！只有史基尼・諾里斯的臭腳才有這麼噁心的氣味。」

9 關鍵線索

「可是史基尼和維爾瑪太太、伊莉莎白、老爺鐘有什麼關連呢？」

彼得用懷疑的眼神望著好友們。

「我也不知道。」佑斯圖坦白的說。「可是一定和這首神祕兮兮的歌有關。所以我們應該仔細解讀歌詞。」

鮑伯開始朗誦：「火不斷燃燒，人們不斷奔跑。這很清楚：顯然發生了一場火災，讓許多人逃難。」

「對，很明顯。」彼得贊同的說。

鮑伯繼續唸著：「**然而岩灘市有個英雄，不分氣候救火！**這是什麼意思？」

「一定是福瑞德．費爾曼！」佑斯圖大聲說。「他是岩灘市鼎鼎大名的英雄，因為他在西元一九〇二年消滅了一場大火，救了市民。」

「很好，聽起來合乎邏輯！」鮑伯繼續看著他的小冊子。「接下來是：**這個英雄應該受到表揚，繼承人皆大歡喜**。繼承人一定是指福瑞德．費爾曼的後代。可是為什麼應該表揚他呢？他已經過世那麼久了，怎麼慶功？」

「可以啊，」佑斯圖說：「福瑞德．費爾曼已經在當時受到表揚，譬如市集廣場上就有他的紀念銅像。不知道是不是這個意思？」

「可是為什麼繼承人比其他人更高興？」鮑伯插話問。「紀念銅像又不是送給他們的禮物。」

「沒錯。」佑斯圖開始捏著他的下脣。「如果只有繼承人才能皆大歡喜，我猜，那是他們應該獲得的東西。可是到底是什麼？接下來的歌詞呢？」

鮑伯唸著：「但是他們必須先證明，遺產歸屬他們。他們的聲音具有一股力量，足以顯示他們誠實無欺！因為只有他的血親，將獨自獲得全部的美物……」

「聽起來好像真的有遺產，」佑斯圖推論著，「而且要得到美物，繼承人必須藉著他們自己的聲音，證明自己是正牌繼承人。」

「或許這就是他們站在立鐘前面大聲說出數字的原因？」彼得思索著。

「那他們就搞錯了。」佑斯圖說。「因為我們現在已經知道怎麼操作這座鐘。」

「況且是在調整時間之後，這座鐘才發出神祕的歌聲，洩露了謎語。所以歌詞裡提到的聲音，一定另有別的意思。」鮑伯解釋著。「可是最詭異的還在後面：**繼承人必須順著他的心臟，到達綠藻之處。**聽起來真的很怪！」

佑斯圖點點頭。「我也這麼覺得。兄弟們，我建議，我們先找出這個神祕的遺產是什麼。一起去圖書館吧。」

三個問號騎著腳踏車上路。半個小時之後，便到了市立圖書館。他們勤奮的尋找各種記載岩灘市歷史的資料。沒有多久，鮑伯果然發現一個關鍵線索。

「這裡！」他叫了出來。他指著舊報紙上的一張黑白照。「這是福瑞德·費爾曼在岩灘市救火之後的照片。你們看他手裡拿的東西……」

他的兩個好友彎下腰望著照片。「一條掛著鑽石鍊墜的黃金項鍊！」彼得喘著氣說。「而且是一顆碩大無比的鑽石！」

「岩灘市為了表揚福瑞德・費爾曼的英勇行為，頒贈給他這條項鍊。這可能就是謎語的解答。這麼大的鑽石墜子肯定價值非凡。」鮑伯喊著。「後來這個鑽石發生什麼事了？」

三個問號又把頭埋進書堆裡。接著又是鮑伯發現了另一個關鍵線索。「鑽石失蹤了。」他宣布著。「福瑞德・費爾曼把項鍊送給他的妻子艾蜜莉當作新婚禮物。從此以後再也沒有人見過這顆鑽石。」

「很有趣！」佑斯圖開始用大拇指和食指捏著下唇。「這顆鑽石肯定引起不少壞人覬覦。現在的問題是：誰是歌詞中提到的合法繼承人？『他們的聲音具有一股力量』又是什麼意思？擁有這種聲音的人，可以證明自己是真正的繼承人。」

彼得竊笑著說：「史基尼絕對不是……」

「維爾瑪太太也不是，否則她早就自己唸出數字了。」鮑伯揣測著。

「說得好，鮑伯，這就是答案！」佑斯圖跳了起來。「維爾瑪太太不是！可是受她監護的伊莉莎白就是真正的繼承人！所以維爾瑪太太命令她說出數字。她一定知道這整件事情和聲音的關係，因為她是伊莉莎白的監護人。她找史基尼幫忙，可能是為了能夠避人耳目的再進入回收場一次。」

「你的意思是，伊莉莎白可能是福瑞德‧費爾曼的繼承人？」彼得低聲說。

「對，」佑斯圖回答：「所以我們必須去找伊莉莎白！而且我也知道她在哪裡！」

10

隱形敵人

當佑斯圖、彼得和鮑伯下午回到回收場時，他們的身邊還多了伊莉莎白。然而三個問號並未察覺，有一個奇怪的形體也跟著他們偷偷潛入了舊貨中心。

這個不明人士偽裝成破銅爛鐵：頭上套著一個骯髒的鐵桶，鐵桶上割出了可以偷窺的細縫，整個身體掛著生鏽的鐵片，雙腳還插在兩個破舊的烤土司機裡。如果不仔細看，可能會把這個形體當作一堆變

形的廢鐵而已。這個廢鐵妖怪在一邊靜靜等候著時機，然後趁沒有人注意時一溜煙走到老爺鐘附近。他在那裡看起來像是一堆金屬廢料。混在其他鏽鐵當中，根本不起眼。

就在這時候，伊莉莎白又問了三個問號一次：「你們怎麼找到我的？為什麼不能讓維爾瑪太太知道？」她緊張的扶著眼鏡。

佑斯圖把手放在她的肩膀上，試圖讓她安心。他解釋著：「在岩灘市找你並不難。我們猜想你和你的監護人應該住在旅館。因為維爾瑪太太看起來有點小氣，所以我們就從最便宜的旅館開始找起。接下來就非常簡單了。」

伊莉莎白怯怯的笑著說：「你們猜的一點也沒錯。維爾瑪太太真的非常小氣。我還很小的時候，她就是我的監護人了。我平常住在寄宿學校，可是現在放暑假，維爾瑪太太把我從學校裡接出來，說要帶我來岩灘市進行一趟探險之旅。不過到目前為止，在這裡度假一點也不刺激。她反而一直要我和這個無聊的老爺鐘說話。」她垂下目光盯著地面。「很抱歉，我們把你們的叔叔惹火了。維爾瑪太太有時候很沒禮貌。」

「你別放在心上。」佑斯圖安慰她。接著他補充說：「另外，提圖斯叔叔並不是我們所有人的叔叔。他是我的叔叔。因為我的爸媽在一場意外中喪生，所以我跟叔叔嬸嬸一起住很久了。」

「你的爸媽已經死了？」伊莉莎白望著佑斯圖，露出感同身受的表情。「你和我的遭遇一樣。」

「對啊。」佑斯圖點點頭，然後發出鼓勵的微笑。「但是我們現在想問你別的事情。在旅館，你是以維爾瑪太太的姓氏辦理住宿登記。原本你是不是還有另一個姓呢？比方說……費爾曼？」

伊莉莎白頓時目瞪口呆。「你們怎麼知道？」她脫口而出的問。

「對，我叫做伊莉莎白‧費爾曼。」

鮑伯的眼睛一亮。「你知道你有一個赫赫有名的祖先，而且他來自岩灘市嗎？他叫做福瑞德‧費爾曼！他的太太是艾蜜莉。」

「福瑞德和艾蜜莉……」伊莉莎白支支吾吾著。「他們是我的曾曾曾祖父母。我根本不知道他們以前住在岩灘市。我只在一本老舊的家族相簿裡，看過一張他們的泛黃照片。福瑞德是消防員，是嗎？」

「沒錯，而且是一個著名的消防員！」彼得回答。「西元一九〇二年，他在岩灘市消滅了一場大火！」

「奇怪了，」伊莉莎白緩緩的說：「維爾瑪太太特地帶我來這裡度假，卻完全沒有半個字提到我的祖先。」

「的確很奇怪。」佑斯圖贊同她的說法。然後他指著那座古老的立鐘說：「順便告訴你，這座鐘也和你的祖先有關。」他帶著伊莉莎白走近立鐘，並且微笑著說：「別害怕，你不必再對著它說出數字。我們已經解開這個祕密了。」

佑斯圖接過鮑伯手上的兩個指針，然後裝在數字盤上。接著他把指針撥到正確位置，最後壓下凸出的小按鈕。十點五十七分。頓時又傳出了幽靈般的歌聲。伊莉莎白全神貫注的聆聽著。之後，佑斯圖把三個問號對前段歌詞的詮釋告訴她。

伊莉莎白突然瞪大著眼睛看著三個問號。她說：「我知道最後幾句歌詞的意思。**他們的聲音具有一股力量，足以顯示他們誠實無欺！因為只有他的血親，將獨自獲得全部的美物！**這就表示繼承人必須是正牌的費爾曼家族成員。因為所有的費爾曼家族成員，都具有一種非常特別的天賦！」

「特別的天賦？」鮑伯好奇的望著伊莉莎白。「是什麼？」

伊莉莎白微笑著說：「你們馬上就會知道了！」

11 「碎碎」可以平安嗎？

伊莉莎白・費爾曼深深吸了一口氣。「費爾曼家族，」她解釋著，「具有一種特殊能力。我們每個人都能用一種獨特的方式唱歌。」

「唱歌？」彼得緊張的問。「你是指歌曲嗎？」

伊莉莎白點點頭。「單音、歌曲，所有可以唱出來的都算。但是以一種獨一無二的方式。」

「比方說呢？」佑斯圖好奇的望著她。「你們的聲音特別美妙嗎？」

伊莉莎白笑著說：「不是，老實說根本不好聽。但是我們的聲音裡有一種與眾不同的力量。有些著名的歌劇聲樂家，也具有我們這樣的能力。你們有玻璃杯嗎？我讓你們見證我的能力！」

佑斯圖跳了起來，說：「當然有，在回收場上多的是玻璃杯。一定要很貴重的嗎？」

「最好不要！盡量找最便宜的。」

「可是玻璃和歌唱有什麼關係？」當佑斯圖跑去拿玻璃杯時，彼得問。

「你們馬上就知道了。」伊莉莎白期待的望著已經回來的佑斯圖。他遞給她一個很舊的葡萄酒杯。

「這個可以嗎？」佑斯圖問。

「太好了！」伊莉莎白把玻璃杯放在幾公尺外的一個石頭火爐上。這個火爐已經在回收場好多年了。「等一下如果你們的耳朵很痛，就趕快摀住吧。」她帶著警告的語氣說。「但是注意看著這個玻璃杯！」

佑斯圖突然張大了眼睛，喊著：「伊莉莎白！唱歌和玻璃，我現在懂了！是不是你會……」

可是他的話還沒說完，伊莉莎白已經張嘴唱了一個高音。這個聲音非常響亮，有如高聲尖叫，在空氣中震盪著。接下來發生一件詭異的事情。在火爐上的玻璃杯突然出現裂痕，緊接著就鏗鏘有聲的爆碎一地。

「這個杯子……」彼得叫著：「破掉了！」

「爆碎了。」鮑伯低聲說。「她用她的聲音爆碎了這個玻璃杯！」

「對，」佑斯圖點點頭，「伊莉莎白能夠用歌聲粉碎玻璃杯。和少數幾個非常知名的歌劇演唱家一樣。」他佩服的望著眼前的女孩，說：「伊莉莎白・費爾曼，這確實是一項特殊的天賦。」

伊莉莎白微笑著。然而三個問號還未能和伊莉莎白繼續聊天，從他們的後面已經傳來一個憤怒的聲音。三個男孩對這個聲音再熟悉不過了。

「怎麼搞的？你們腦筋不正常了嗎？你們在玩球還是做什麼？廚房的窗戶被你們打破了。怎麼有這種事！佑斯圖，你馬上過來這裡！你們得用零用錢賠償！」

「是，瑪蒂妲嬸嬸！」佑斯圖嘆著氣。「廚房的窗戶，一定也是被伊莉莎白的歌聲震碎的。」

伊莉莎白吃驚的摀住嘴巴。「噢！糟了！都是我的錯。當我特別大聲唱歌的時候，偶爾會發生這種情形。需不需要我跟你的嬸嬸解釋一下呢？」

佑斯圖紅著臉說：「呃……不必！最好不要！我們會處理！」他說著便朝向小露臺走去。「瑪蒂妲嬸嬸，我們來了。我們沒有玩球，我們只是……呃……我們覺得很抱歉。這是很蠢的意外！」他向彼得和鮑伯招手，示意他們過去幫忙解圍。

「我們馬上就回來，伊莉莎白。」鮑伯低聲說。「瑪蒂妲嬸嬸雖然會烤全世界最好吃的櫻桃蛋糕，可是只要她一生氣，就很難擺平她。」

伊莉莎白點點頭，目送著佑斯圖、彼得和鮑伯。他們就像管風琴一樣筆直的站在露臺上，聽著瑪蒂妲嬸嬸大聲訓斥。

伊莉莎白聽見佑斯圖喊著：「可是，瑪蒂妲嬸嬸！俗語說『碎碎平安……』」就在同時，從她身後的廢鐵堆裡出現一個怪東西。這個為了掩人耳目而佯裝成破銅爛鐵的形體，正走向伊莉莎白。這個廢鐵妖怪每走一步，就發出輕輕的鏗鏘聲，身上的鐵片也嘎吱嘎吱的摩擦著。伊莉莎白吃驚的轉身。就在這一剎那，廢鐵妖怪舉起手臂，一把捉住伊莉莎白，然後把一個老舊的大布袋往她的頭上套。

「救命啊！」伊莉莎白嚇得全身僵直。

「閉嘴！」廢鐵妖怪低沉的吼著。「否則我就對你不客氣！」

這些話發揮了功效。伊莉莎白害怕的沉默不語。不一會兒，廢鐵妖怪已經把她完全塞進大布袋裡，一把扛在肩膀上，然後發出啷啷噹噹的聲響跑走了。

瑪蒂妲嬸嬸火冒三丈，她的聲音之大，蓋過了其他任何聲響：「不是你們做的？那請問是誰？難道是鬼嗎？不是。很抱歉，孩子們，我不相信有鬼。我要你們把碎片掃一掃，然後把窗戶帶去給修玻璃的工人。在還沒完成這些事之前，不准吃櫻桃蛋糕。」

「我們當然會負責這片破掉的玻璃，」佑斯圖說：「可是這真的是不幸的巧合。伊莉莎白的聲音，有一種能夠讓玻璃碎裂的力量。剛才她向我們展示了這種非比尋常的能力。」

「伊莉莎白？請問這又是誰？」

「當然就是站在那邊的那個女孩呀！」佑斯圖一邊轉身一邊伸出手，準備指向伊莉莎白．費爾曼。然而他吃驚的停下動作。伊莉莎白原先站著的地方，現在根本不見人影。瑪蒂妲嬸嬸無法理解的搖著頭，然後走回屋子裡。

「兄弟們，」佑斯圖狐疑的問：「她在哪裡？」

「走了！」鮑伯喃喃的說。

「可是她為什麼溜走了？」彼得問。「難道她很怕瑪蒂妲嬸嬸？」

「有可能，」佑斯圖若有所思的說：「也說不定是她故意捉弄我們，因為她想知道這個會唱歌的鐘有什麼祕密？我們等一下再弄清楚。我們現在恐怕得先把玻璃碎片掃乾淨。」

12

按部就班

三個問號將破掉的廚房玻璃窗處理完之後，便開始討論之前發生的事情。

「佑佑，你為什麼覺得伊莉莎白可能騙了我們？」鮑伯問。「她看起來很親切，一點也不像是個間諜。」

「我也希望是這樣，」佑斯圖坦白的說：「可是你們想想看，我就是沒辦法想像她是因為害怕瑪蒂妲嬸嬸才逃跑的。你們忘了嗎？她的監護人是維爾瑪太太！但是她也沒有躲著維爾瑪太太呀。再說，和這個惡毒的母老虎比起來，瑪蒂妲嬸嬸是全世界最好的嬸嬸了。」

「所以你的意思是，伊莉莎白背叛了我們？」彼得帶著沮喪的神情說。

「背叛？」鮑伯眉頭一皺，說：「她哪裡背叛我們了？她是費爾曼家族的成員。我們可以推測這件事情和福瑞德・費爾曼的遺產有關，也就是岩灘市為了表揚他的義勇行為而頒贈的鑽石。如果伊莉莎白是他的合法繼承人，這顆鑽石理所當然歸她所有。」

「很有可能，」佑斯圖說：「不過問題是：為什麼有人把鑽石藏起來？所有這些謎團又是怎麼回事？」佑斯圖繃緊了肩膀。「我認為，只有仔細調查這個老爺鐘的祕密，才能偵破這個案子。具體的說，我們必須找出以下問題的答案：這個老爺鐘的來源？是誰在鐘內設置這首詭異的歌曲？」

就在這時候，提圖斯叔叔回來了。「嘿，你們三個，」他說：「真抱歉，又要讓你們再搬一次老爺鐘了。瑪蒂妲就是看它不順眼。」

「沒問題，提圖斯叔叔。」佑斯圖回答。「但是你可以告訴我們，這個鐘到底是從哪裡來的嗎？」

提圖斯叔叔思索了一會兒便說：「這是私人物品，不知是誰留下來的遺物。在拍賣品目錄中，只登記著英文姓名的起首字母：F.F.。我知道的就只有這些。你們放心吧，我很快就會把它賣掉了。」提圖斯叔叔開懷的笑著，然後吹著口哨離開了。

三個問號會心的看著彼此。「F.F.肯定就是福瑞德・費爾曼。可是為什麼他在鐘裡裝置了幽靈歌聲呢？」彼得說。

「原因很簡單！」佑斯圖用力捏著他的下唇說：「福瑞德・費爾曼一定想出了一個辦法，讓正牌的後代子孫有朝一日能夠繼承他的遺物。為了安全起見，他把祕密藏在他的鐘裡。」

「佑佑，你的推斷太棒了！」鮑伯點頭贊同。「福瑞德・費爾曼當然知道，只有真正的費爾曼家族成員，才能遺傳費爾曼家族獨特的天賦。他在歌詞中設計了謎語，是為了在離世後把遺產傳承給正確的人。」

「但是兄弟們，」彼得說：「如果老爺鐘唱的歌能夠指引繼承人尋找遺產……那麼繼承人該往哪裡找遺產呢？」

佑斯圖的眼睛一亮。「當然是『綠藻』！」他叫著。「**繼承人必須順著他的心臟，到達綠藻之處**。現在我終於懂意思了。」

「你知道這句歌詞的意思？」鮑伯和彼得驚訝的盯著佑斯圖。

「當然！我原本以為這個線索可能暗示著海洋，因為我以為只有那裡才長著海藻。可是兄弟們，這大錯特錯！在岩灘市還有一個地方，那裡有數不清的綠藻。而且這個地方直接和福瑞德·費爾曼有關！」

鮑伯和彼得這時也恍然大悟。

「一點也沒錯！」鮑伯喊著。「你指的是岩瀨市市集廣場上的噴水池。福瑞德．費爾曼雕像就在噴水池中央！那裡的溼石頭上長著許多綠藻。」

「所以你認為，這座雕像的內部有一個地方，藏著如何找到鑽石的祕密。難怪歌詞裡提到『順著他的心臟』！」彼得說。

「我想的正是如此。」佑斯圖滿意的微笑著。

佑斯圖走向立鐘，接著說：「福瑞德．費爾曼，你不但是一位勇敢的英雄，也是一個聰明機智的人！」就在這時候，佑斯圖突然停止說話，彎腰撿起地上的東西。他的臉色頓時發白。「兄弟們，你們認得這一副眼鏡嗎？這是伊莉莎白的！可是為什麼掉在地上？而且恰巧掉在她之前站著的地方。如果她是自己離開，應該不會丟下眼鏡。」

鮑伯吃驚的摀住嘴巴。「這就表示……」

「表示伊莉莎白被綁架了。」彼得接著把話說完。

佑斯圖用力點著頭，並且把眼鏡收在口袋裡。「兄弟們，我提議我們立刻出發，展開下一步行動，把謎團解開。因為依目前的情況看來，伊莉莎白可能遭遇很大的危險。我們必須比維爾瑪太太和他的幫兇史基尼搶先一步。到目前為止，沒有一個祕密可以難得倒我們三個問號！」

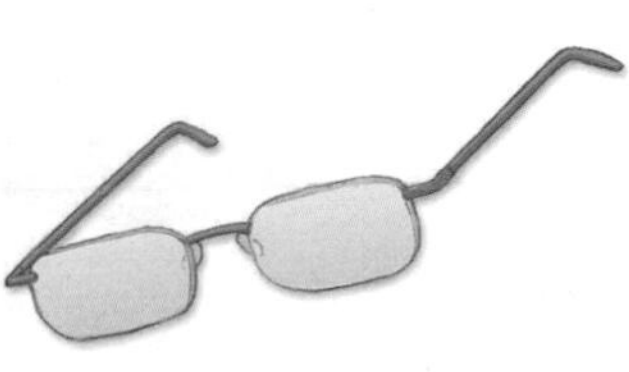

13 噴水池

三個問號抓起他們的腳踏車，往岩灘市區飛速奔去。這個時候正是中午，市區內大多數的商店都因為午休而關門。只有兩個人坐在「吉歐凡尼咖啡屋」前，把頭埋在打開的報紙裡。

佑斯圖滿頭大汗的把腳踏車停靠在噴水池旁。潺潺水流從福瑞德・費爾曼的銅像裡湧出，然後在水池內嘩啦嘩啦的濺開。

「我真想跳進去。」三個問號的團長氣喘吁吁的說。「我好熱，熱

到沒辦法思考了。」

鮑伯從口袋裡掏出小冊子。他說：「可是我們必須思考，否則就沒有進展。而且伊莉莎白需要我們的救援！」

彼得聽了故意擺出一副感動的模樣，然後唱起歌來：「噢，伊莉莎白，噢，伊莉莎白。忍耐點，因為英勇的鮑伯快來救你了。」

鮑伯生氣的從噴水池裡舀起水，往彼得的臉上潑去。「別鬧了！一點也不好玩！我們現在面對的是綁架案。」

佑斯圖彎著腰，把整個頭浸在噴水池裡。「啊，好舒服。我的大腦差點就蒸發了。鮑伯，你再把幽靈歌的最後一句唸一遍。」

「繼承人必須順著他的心臟，到達綠藻之處。」

彼得用手探查著噴水池的邊緣。「就像你們說的，這裡長著綠藻。可是歌詞裡提到的『心臟』是什麼意思？」

鮑伯慢慢繞著噴水池的周圍走。他說：「我無法想像鑽石被藏在這裡，否則謎底就太容易解開了。畢竟到目前為止，福瑞德・費爾曼出了許多棘手的難題。你們回想一下那個複雜的老爺鐘，還有裡面設定的祕密機關！」

佑斯圖也有同感。「可是如果噴水池是正確的線索，我們一定可以在這裡找到跡象。你們全神貫注的想一想，這裡和心臟有什麼關連？」

彼得二話不說的脫去鞋子，踏進噴水池。

「你想洗澡嗎？」鮑伯竊笑著。

彼得說：「不是，我只是想仔細看看福瑞德的銅像。我們之前在他的老爺鐘上調整指針才找到線索，所以我確定：他的銅像裡也藏著祕密。」他急切的把手指插進消防員的水管噴頭內，結果一道細長的水柱立刻噴向他的臉，把他濺溼了。

佑斯圖大笑著說：「省省吧。在你之前，就已經有成千上萬的人這樣做過。但是歌詞裡提到的『心臟』到底是什麼意思？這是我們唯一的線索。」

彼得用手指關節敲著銅像的胸腔，說：「這個大善人福瑞德的心臟應該在這裡吧。可惜聽起來是中空的。」

鮑伯把身體往前傾向噴水池，對著彼得說：「你再仔細看一次。說不定那裡刻著某種符號？」

「呃，什麼都沒有啊。福瑞德穿著一件有鈕釦的消防隊員制服……等一等！其中一顆鈕釦看起來有點不一樣。就是這一顆，大約在心臟的高度……」

佑斯圖興奮的打斷他的話：「什麼意思？這顆鈕釦哪裡不一樣？」彼得小心翼翼的用手指觸摸著，然後說：「我相信這顆鈕釦是一個按鈕。」

「太不可思議了，」鮑伯驚訝的說：「快，用力按到底！我想知道會發生什麼事。」

彼得望了一下他的兩個好友，然後深深吸了一口氣，毫不遲疑的按下鈕釦。起先並沒有任何動靜。但是消防水管的噴頭卻突然停止噴出水柱，而且銅像的內部發出詭異的怪聲。

彼得驚嚇的跳出了噴水池。「現在會發生什麼事？」他問。

佑斯圖指著水說：「那裡！你們看！噴水池的水快流光了。」

鮑伯驚訝的合不攏嘴。他說：「真的！好像浴缸排水孔的塞子被拔掉一樣。」

沒有多久，整個噴泉的水都消失了。水池底部出現了一個大洞。佑斯圖試探性的把一顆小石頭丟進洞裡。過了好一會兒，才聽見石頭落地的聲響。「底下似乎很深。這顆鈕釦啟動了一個開口，池水就從這個洞流走了。」

彼得害怕的往後退一步。「佑佑，你現在打算怎麼樣？」

鮑伯回答：「那還用問嗎？你明明就很了解我們的大偵探佑佑。在破案之前，他絕對不會鬆懈。有一件事情已經很清楚：謎底不在噴水池表面，而是在這個洞裡的地底深處。對吧，佑佑？」

「沒錯。還好我在背包裡放了一些有用的東西，包括手電筒。我們現在出發吧！」

彼得緊張的搔著頭。「我早就有預感會碰到這樣的事。假如你的叔叔沒買這個愚蠢的老爺鐘就好了。」

佑斯圖跨進空空的水池內，用手電筒照射著大洞。「我看見通往

底下的鐵梯。我要下去了。」

鮑伯也從佑斯圖的背包裡抓了一支手電筒。他取笑佑斯圖：「如果你卡在洞裡，就必須等好幾天，等到你變瘦就出得來了。」佑斯圖假裝沒聽見，不一會兒，他已經消失在洞裡。

「怎麼樣？」彼得喊著。「下面有東西嗎？」

洞裡傳來佑斯圖的聲音：「你們快下來看。一定讓你們很驚訝。」

鮑伯好奇的跟著走下鐵梯，只剩彼得還站在噴水池前拿不定主意。「我幹麼自找罪受？」他小聲的自言自語。「其實有兩個問號就夠了呀。」

可是他左思右想了好一會兒，說：「不對！兩個問號畢竟不是三個問號！這樣不行！」接著他心意堅定的走進噴水池內。

14

地底下

岩灘市的市集廣場上仍舊很安靜。只有兩個人還坐在「吉歐凡尼咖啡屋」前面的一張小桌子旁，全神貫注的把頭埋在打開的報紙裡。當彼得的身影消失在水池裡時，其中一個人才放下了報紙，然後擺在桌上。這個人是維爾瑪太太。「太好了！現在我們終於有大進展了。這三個小毛頭做得好。史基尼，你可以把報紙擱到一邊了。」

在她旁邊的史基尼・諾里斯，呆頭呆腦的從報紙後面探出頭來。

他的脖子上搖晃著一塊生鏽的鐵片。毫無疑問的，他就是偽裝成破銅爛鐵、從提圖斯叔叔的私有土地上綁架伊莉莎白的人。

維爾瑪太太望著這個年輕人笨拙的模樣，不禁搖頭。「史基尼，去我的車上拿兩支手電筒，也把伊莉莎白帶過來。還有，拜託你把這個鐵片從脖子上拿下來。你這樣會露出馬腳。」

「噢……對不起。」史基尼支支吾吾的說。「沒問題，我馬上回來。」

維爾瑪太太從皮包裡拿出一個小鏡子，在鼻子上補了一點蜜粉。她咒罵著：「真是個白痴！」

不久史基尼‧諾里斯又站在她的面前。他的肩膀上扛著一個大布袋，裡面傳出含糊不清的講話聲。

「你現在給我閉嘴，不要動來動去！」史基尼破口大罵。「維爾瑪太太，我們現在要做什麼？」

維爾瑪太太把鏡子收到皮包裡，態度堅定的站起來。「這還要問嗎！我們跟蹤這三個男孩。我有預感，我們快要達到目的了。之後你可以獲得你的酬勞。這件事情就完成了。」

她說完便直接走向噴水池。「聽著，你先帶著伊莉莎白往下走。但願裡面沒有老鼠。這個愚蠢的福瑞德．費爾曼怎麼會想出這種無聊的把戲？這比按圖索馬還慘。」

史基尼跨過噴水池的邊緣，走向中央的大洞。他說：「維爾瑪太太，正確說法不是按圖索『馬』，是按圖索『驥』。」

「喂，你給我閉嘴，你這個自以為聰明的傢伙！你想拿到酬勞，就別在這裡說廢話，而是幫我找到東西。快走！進去洞裡！」

史基尼．諾里斯扛著麻袋，非常吃力的走入噴水池的洞裡。維爾瑪太太很快的跟在他身後。

「唉呦！您小心一點可以嗎！您踩到我的手指了。」史基尼在地底下發出哀嚎。

維爾瑪太太惡毒的笑著說：「年輕人！不要裝可憐！多一根、少一根手指根本不重要。反正你有十根手指。」

這個時候，三個問號已經在地底的通道裡走了一段路。那裡散發著陳腐的氣味，潮溼的牆上不斷滲出水滴。所幸他們帶了手電筒，這一點讓彼得感到欣慰。他們踏進噴水池的洞之後，便踩著生鏽的鐵梯深入地底十公尺，接著便出現一條很長的隧道。

他們走在隧道裡時，一陣刺耳的尖笑聲突然直逼而來。

彼得驚嚇的說：「你們聽到了嗎？那是什麼聲音？」

鮑伯試著安撫他：「別慌！應該只是一隻貓。我猜，牠在這裡尋找一些肥老鼠。」

可是鮑伯的話卻達到反效果。彼得叫著：「老鼠？我最討厭老鼠了。」

佑斯圖則在最前頭打著燈光。他說：「提圖斯叔叔有一次告訴我，在淘金熱的時期，大家也在岩灘市的地底下找金礦。我覺得這裡很像一座廢棄的礦坑。」

鮑伯的眼鏡因為溼氣而變得模糊。他只好用身上的T恤把鏡片擦乾淨，然後重新戴上。他接著說：「有可能。加州的淘金熱差不多延續了五十年，就在福瑞德‧費爾曼消滅岩灘市大火之前。也就是說，他在世時，就已經有這座金礦坑了。」

他們小心翼翼的往前摸索著。突然間，彼得在通道裡發現一把生鏽的十字鎬。「兄弟們，看起來你們的推論很正確。我只希望，我們不會遇到變成骷髏的淘金客。」

鮑伯把手電筒的光源直接對著下巴的位置，他的臉頓時閃著令人毛骨悚然的白光。他低沉的吼著：「是誰膽敢偷我的黃金？你們儘管放馬過來吧，我要把你們剁碎。我是卡爾．皮包骨的骷髏。」

彼得一把拿走鮑伯的手電筒說：「別鬧了！否則你們就自己繼續走。我不奉陪了。」

就在這個時候，佑斯圖停下腳步。「你們看，這條通道只到這裡為止。前面是一個很大的地下室。」

三個問號驚訝的看著眼前的地下室。牆壁和天花板由粗木杆支撐著，到處滲透著水滴。就在他們的面前，有一條生鏽的火車鐵軌。鮑伯還發現了一個古怪的帶輪車子。「看起來像是一臺老礦車，用來把礦場的石頭運出礦坑。」他說。

「好噁噢！這裡怎麼有這種噁心的布丁？」彼得突然大聲尖叫。

他向前踏一步時，一隻腳陷入了泥沼。他抓起一顆大石頭，往前扔了幾公尺，頓時四處濺起了爛泥巴，石頭也隨即消失不見，接著地面上冒著氣泡。

「你們看見了嗎？我們眼前的地面是軟的，是一個不折不扣的泥坑。我們如果繼續走，就會沉入泥沼。各位，前面已經沒有路了，我們必須回頭。」彼得說。

就在此時，他們又聽見後方傳出怪聲。佑斯圖若有所思的捏著下脣。他說：「兄弟們，事情有些不對勁。我認為，還有別人闖進這裡。有人跟在我們後面。走吧，我們無論如何要跨過這個泥沼。彼得，幫我抬起這塊長木板！」彼得立刻明白佑斯圖的意思。「沒問題。你想架一座橋吧？」他們一起把這塊長木板推到泥坑上。

佑斯圖鼓起勇氣率先走。「好，我先試試。如果這塊木板承受得住我，那麼對你們來說也沒有問題。」接著他平衡著身體，戰戰兢兢的一步步跨過泥沼。

「不錯嘛，佑佑。」鮑伯竊笑著說：「憑著這個表演，你一定可以在馬戲團裡大放異彩。」

然而佑斯圖非常鎮靜，絲毫不受影響。「好了，我已經到了這一邊。你們也可以過來了。但是在木板中央時要特別小心，因為那裡搖晃得很厲害。」

接著鮑伯和彼得也先後跨過泥坑，抵達了另一邊。

「呼，好險我沒有掉下去。你們有沒有聞到？這個冒泡的泥沼臭死了。誰掉進去，誰就完蛋了。」彼得說。

佑斯圖又用手電筒照射著前方。在一道凸出的牆面後方，他發現了一個箱子。「你們看！這裡有一個舊木箱。」

鮑伯試著掀開蓋子。「鑽石會不會在這裡面？」

當他們三個合力打開沉重的蓋子時，彼得害怕的用手電筒往箱內照。「這是什麼東西？」他驚訝的叫著。

「看起來像一件外套。」彼得小心翼翼的把這個奇怪的東西拿出箱子。然後他很確定的說：「對，這是一件古老的消防員制服。」

三個問號突然明白他們找到了什麼東西。在制服的背面有一個名牌，上面磨損的字體依稀可見。辨識出這個名字並不難。佑斯圖、彼得和鮑伯異口同聲的叫了出來：「福瑞德・費爾曼。」

15

爛泥坑

就在此時，他們聽見了說話聲，同時有一道手電筒的亮光來回照射著地下室。佑斯圖抓住兩個好友的肩膀說：「注意！頭低下來！我們躲到凸出的岩塊後面！」

從他們躲藏的地方，可以看見一直跟蹤他們的人。「是維爾瑪太太和史基尼·諾里斯！」彼得震驚的低聲說。

「維爾瑪太太，這個布袋太重了。難道我們不能休息一下嗎？」

史基尼看起來飽受折磨。

「別裝可憐了，年輕人。我雇用你做事，不是為了聽你發牢騷。這個女孩根本沒有那麼重。」突然間，維爾瑪太太停下腳步。「好噁！這是什麼？看起來好像爛泥坑。」

「而且臭得要命。維爾瑪太太，我們還是回頭吧。」

「回頭？你這個沒用的傢伙！我就快要達成目的了，你竟然想回頭？休想。我打賭，這三個小毛頭一定知道路。他們在這裡架了木板跨越爛泥坑。我不得不承認，這些小毛頭很聰明。快，走過去！你先走！」

史基尼不安的把一隻腳踏在搖搖晃晃的木板上。然而他只走了幾步，木板就開始嘎嘎作響，所以他很快又轉身掉頭。「這塊木板絕對不可能支撐我和這個布袋的重量。維爾瑪太太，這樣行不通。」

「好吧，我們就放她出來，讓她自己走。」

史基尼鬆了一口氣。他抹去臉上的汗水，解開布袋上的結。

「喂，出來！我不再是扛你的苦力了。」

這個布袋一打開，一個頭便鑽出來。鮑伯瞪大了眼睛，低聲說：

「是伊莉莎白！」

當史基尼解開了綁在伊莉莎白嘴上的手帕時，她深深吸了一口氣。「這到底是怎麼回事？」她結結巴巴的問：「我在哪裡？」

維爾瑪太太笑著走向她，說：「別擔心，我的乖孩子。這只是一場遊戲而已。我向你保證過，我們在岩灘市將展開刺激的冒險旅行。這場遊戲的下一個任務就是：快速走上那一塊木板，然後在對面等我。」

伊莉莎白吃驚的往後退。「不要，這不行！沒有眼鏡，我根本看不清楚。您到底為什麼要拿走我的眼鏡？請您馬上帶我回到有日光的地方！」

這時候維爾瑪太太生氣了。「我已經說了，我要你走過去。照我的話做！」

伊莉莎白驚嚇的愣在原地。

「你沒聽到嗎？」史基尼也大吼著。「快走，否則我就把你塞回布袋裡！」

因為恐懼而臉色發青的伊莉莎白，把腳踏上木板後，便飛也似的跑向另一端。

「太棒了，孩子！」維爾瑪太太在後頭喊著。「你在那裡等我們。我們馬上就過去。快，史基尼，你先走，再換我。」

史基尼試著在木板上保持平衡。然而當他大約走到中央時，維爾瑪太太突然改變了主意。「等一下！站住！我不信任你這個傢伙。萬一你抽掉木板，和伊莉莎白一起逃跑……等等，我跟你一起走！這塊木板撐得住我們兩個。」

三個問號睜大眼睛互相望著。「糟糕了！」彼得說。「我們現在該怎麼辦？」

佑斯圖突然抓起那件古老的消防隊員外套，然後把手臂伸進袖子裡。接著他把大風帽套在頭上，藉此遮住自己的臉。「彼得，你跪下來，讓我踩在你的肩膀上。快！」

彼得驚訝到什麼也沒問，就照著佑斯圖的話做了。「彼得，就是這樣。很好。現在慢慢的站起來。你也躲進這件長外套裡。當我打出暗號，你就朝著他們兩個慢慢走去。開始行動！」佑斯圖指揮著。

於是，彼得的肩上抬著佑斯圖，踉踉蹌蹌的走向爛泥坑，看起來就像一個穿著制服的消防員，只是身材像巨人一樣高大。

史基尼首先注意到這個恐怖的龐然大物。「維爾瑪太太，」他啞著嗓子說：「您看那裡！」

維爾瑪太太嚇一大跳，手電筒從手裡滑落。她叫著：「噢，天啊！見鬼啦？」

這個龐然大物突然舉起手臂，發出令人不寒而慄的聲音：「我是福瑞德．費爾曼的幽靈。是誰膽敢來這裡打擾我？你們這些醜不啦嘰的小蟲子是誰？我要把你們帶到福瑞德．費爾曼的幽暗世界裡，讓你

們萬劫不復！」

維爾瑪太太和史基尼同時發出尖叫。維爾瑪太太一時驚慌失措，轉身奔向史基尼，企圖跟在他後面，覺得這樣比較安全。可是木板不但開始搖晃，還發出嘎吱聲。

「不要亂動，你這個蠢女人！」史基尼破口大罵。

但是太遲了。木板發出「喀嚓」一聲便斷成兩截，接著他們兩

人便希里嘩啦的掉進了爛泥坑。過了好幾秒之後，他們才吐著氣泡浮上來。維爾瑪太太和史基尼全身上下覆蓋著臭氣沖天的爛泥，他們拚命的掙扎著，想要到達泥坑的另一邊。

這時消防員不寒而慄的聲音又出現了：「你們給我滾出我的地盤！福瑞德·費爾曼這次絕對不再手下留情。」

維爾瑪太太和史基尼氣喘吁吁的從爛泥坑爬出來，使盡全力的跑回隧道裡。

「我要離開這裡！」史基尼尖叫著。「我要離開這裡！救——命——啊！」

這個陰沉晦暗的地下室頓時變得寂靜無聲。這個巨大的消防員開始搖晃著身體，接著佑斯圖笑著從彼得的肩膀滑下來。他的兩個好友也止不住笑聲。最後他們三個蹲在地上捧腹大笑個不停。

「佑佑，」鮑伯喘著氣說：「穿著消防員的外套，假扮成福瑞德．費爾曼的點子真是太酷了。可是你怎麼有辦法裝出這麼恐怖的聲音？」

佑斯圖抹去臉上的笑淚，拿出一個迷你擴音器。這就是他們前天在提圖斯叔叔的小貨車上發現的白色擴音器。「就是這個！為了保險起見，我把這個能夠扭曲聲音的變聲擴音器裝進了背包。當時我似乎有一種預感，這個東西可以派上用場。」

「何止派上用場。你們看到他們倆抱頭鼠竄的樣子嗎？我打賭，他們必須洗好幾天的澡，才能把爛泥巴刷乾淨。」彼得說。

16 玻璃爆碎

就在此時，一個清亮的聲音打斷了三個問號的談話。「有人可以告訴我這裡發生什麼事嗎？我完全被蒙在鼓裡！」伊莉莎白站在他們面前，神情憤怒的兩手叉在腰上。

這三個男孩完全忘了伊莉莎白也在現場。

鮑伯首先開口講話。「請不要嚇壞了。這整件事情確實非常古怪。就是你被你自己的監護人綁架了。」

「我們還救了你的眼鏡！在這裡。」佑斯圖迅速的從背包裡拿出伊莉莎白的眼鏡，小心的幫她戴在鼻梁上。

伊莉莎白帶著謝意望著他，然後說：「可是為什麼維爾瑪太太要綁架我呢？還有這個可惡的史基尼．諾里斯又是誰？」

「他是我們的死敵。只要他出現，總是麻煩不斷。」彼得回答。

接著佑斯圖試著簡單扼要的向伊莉莎白解釋整個經過。

伊莉莎白一臉難以置信，聽了直搖頭。「所以我等於是尋找福瑞德．費爾曼的神祕寶藏的密碼？」

「對。」佑斯圖點點頭。「而且我確定，你的聲音是重要關鍵。」

鮑伯的目光搜尋著四周。他說：「問題只在於：這個岩穴裡有什麼東西可以讓伊莉莎白的聲音震碎呢？這裡根本沒有玻璃製品。」

彼得敲著牆壁。「如果可以用肉眼看到玻璃，那也未免太簡單了。因為一支鐵鎚也同樣可以把它打碎。這個玻璃一定是藏在某個地方，說不定甚至染成了黑色，所以不顯眼。」

伊莉莎白輕咳了一下，說：「好，我乾脆就唱歌試試吧。你們先把耳朵摀起來。」她深吸了一口氣，接著尖銳的嗓音劃破了地下室的寧靜。

她的唱音非常清澈，在牆面反射回音的作用下，更是響徹雲霄。三個問號有一種彷彿置身於鐘塔的錯覺。接著發生了不可思議的事情：他們面前的一個小岩塊，突然飛濺出碎片，重重散落在地上。

「小心！」彼得大吼著跳到旁邊。

「呼，我從來沒有唱這麼大聲。我的頭好暈。」伊莉莎白說。

佑斯圖拿著手電筒，慢慢走向小岩塊裡的凹洞。「福瑞德・費爾曼遺留下來的祕密，馬上就可以揭曉了。」

「我打賭，鑽石就在那裡面。」鮑伯喊著。

然而令他們失望的是，裡面並沒有鑽石，而是一頂金光閃閃的消防頭盔。

佑斯圖謹慎的拿著頭盔，說：「這個猜謎遊戲似乎還沒有結束。這頂頭盔一定是下一個暗號。你們看：這裡又刻著姓名的第一個字母F.F.——福瑞德・費爾曼。」

彼得在頭盔背面發現一些奇怪的紋路。「這不是一般擦痕。看起來比較像故意刮出來的。」

鮑伯把眼鏡擦乾淨，接著說：「一點也沒錯！這不是一般線條，而是一個藏寶圖。你們看這裡：這是噴水池內的洞口。這邊是我們走過的隧道，還有這裡指的一定是大地下室，也就是我們現在的位置。如果我猜得沒錯，我們現在必須往那裡繼續走。」鮑伯伸出手，指著另一條連接著大地下室的通道。

佑斯圖抓起背包，把消防頭盔戴在頭上。「我們出發吧！開始追查鑽石！」

這條通道非常筆直。他們走了很久，開始覺得疲倦，最後不得不停下來休息。

彼得望著消防頭盔說：「但願福瑞德・費爾曼不是真的瘋了，否則他可能把我們直接送到地獄。我的手電筒快沒電了。」

不久之後，他們走到一個岔路口。「依照頭盔上的地圖指示，我們必須向左走。」鮑伯喘著氣說。「趕快！我的手電筒也快沒電了。」

過了一會兒，他們感覺正在往上坡走。佑斯圖氣喘吁吁的說：「你們發現了嗎？有一陣輕風。這就表示，我們即將到達出口了。」

這時候，彼得和鮑伯的手電筒電源已經耗盡，佑斯圖的手電筒也撐不了多久了。在微弱的光源中，他們認出眼前有一架生鏽的鐵梯通往上方。

鮑伯仰頭望著說：「如果我們不是繞著圈子走、最後又回到了噴水池，那麼就是到了一個完全不同的地方。我爬上去看看。」鮑伯一步一步的踩在鐵梯上，佑斯圖幫忙以手電筒的光源照射。

「怎麼樣？你看到什麼了嗎？」佑斯圖問。

「沒辦法往上走了。在我的頭頂上只有一個木板。」鮑伯回答。

「你可以移動木板嗎？」佑斯圖接著問。

「等一下，我試試看。等等……嗯，可以像蓋子一樣打開。」

「快說、快說，」彼得興奮的喊著：「你現在在哪裡？」

「噢，天啊！你們一定不會相信，我們到了什麼地方！在我頭頂上，是提圖斯叔叔的倉庫！」

佑斯圖和彼得互相望著，說不出話來。

「提圖斯叔叔的倉庫？什麼意思？」伊莉莎白驚訝的問。

佑斯圖回答她：「我們又回到了這整個探險最早開始的地方。也就是我叔叔的回收場。提圖斯叔叔把他最喜歡的破銅爛鐵都存放在倉庫裡。」

他們一個接著一個，爬出了這個直接通往倉庫的窄洞。佑斯圖打開倉庫門，眼睛不禁瞇成一條線。「噢，外面好亮。」

不過沒多久後，他們的眼睛便適應了日光。

鮑伯憤怒的看著消防頭盔，說：「謝謝啊，福瑞德・費爾曼。這真是一場刺激的冒險，我們繞了一圈，最後仍舊在原地踏步。害我還被爛泥濺到。幸虧我們沒有掉入爛泥坑。如果你們問我的感覺，我會說福瑞德・費爾曼根本就想耍弄我們。也許他以前就是個整人專家。」

佑斯圖若有所思的捏著下脣。「我不相信。大費周章了半天，就為了一個玩笑？不會的，我相信我們就快揭開謎底了。」接著他拿起消防頭盔，用手指撫摸著刻在上面的紋路。他指著一處說：「如果我們一路都沒有走錯，那麼我們現在應該在這個地方。可是你們看，這個路線還沒有結束。這裡有一條細紋指著南方。大家跟我來吧！」

鮑伯用手指敲著額頭說：「佑佑是在漆黑的地底下得了封閉症嗎？福瑞德．費爾曼一定只是想整人而已。說不定他現在正在天上捧腹大笑。」

彼得生氣的皺著臉說：「別鬧了。福瑞德．費爾曼根本笑不出來了。他早就已經作古啦。」

17
費爾曼的遺產

佑斯圖雙手拿著消防頭盔走在回收場上。他逕自走向一棵老櫻桃樹。瑪蒂妲嬸嬸每年都從這棵樹上摘下櫻桃，用來烘烤遠近馳名的櫻桃蛋糕。

佑斯圖把頭盔放在一旁，說：「終點站到了！我現在非常肯定，福瑞德·費爾曼的祕密藏寶處，一定就在這棵樹裡面。和這裡其他所有的樹比起來，這棵櫻桃樹的年代最久遠。福瑞德·費爾曼還在世的

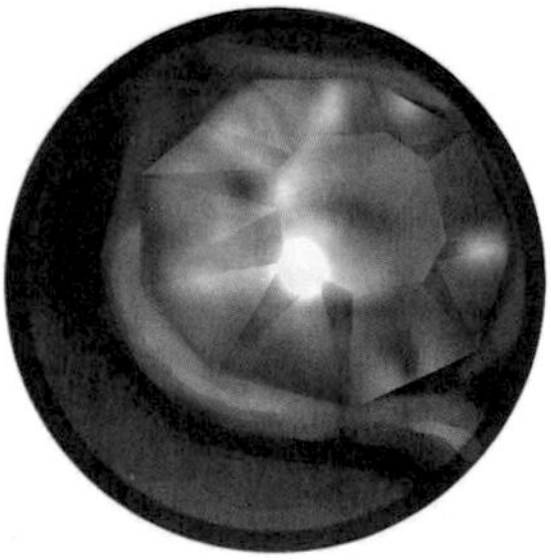

時候，這裡既沒有回收場，也沒有屋子。」

「或許我們必須砍掉這顆樹。」彼得思索著說。

但是佑斯圖搖搖頭說：「砍樹沒有意義。況且這麼做瑪蒂妲嬸嬸也不能烤櫻桃蛋糕了。你們再想想看：自從福瑞德·費爾曼把遺產藏起來，已經大約過了一百年。這就表示，當時這棵櫻桃樹還很矮小。」

伊莉莎白仰頭望著樹冠說：「我懂了。如果樹裡藏著遺產，那麼這個東西一定也跟著樹往上生長。說不定福瑞德和艾蜜莉的初吻就在這棵樹下？」

鮑伯現在也感到好奇了。「聽起來很合乎邏輯。好，我爬上去。如果真能找到東西，福瑞德·費爾曼當然就不是瘋子。」幾分鐘之後，鮑伯已經爬到樹頂。

「怎麼樣？你看到了什麼嗎？」佑斯圖喊著。

「有啊，瑪蒂妲嬸嬸的晒衣夾袋子。你的叔叔又把它掛在這裡了。他似乎還想惹她生氣。等著，我把它丟下去。」然而當他抓住袋子時，他發現了一件事。

「等一下！在這裡有一個狹長的樹洞。洞的上方有人把F和E兩個英文字母刻在一個愛心裡。一定是福瑞德和艾蜜莉。好俗喔！」

「好甜蜜喔！」伊莉莎白喊著。

「樹洞的寬度，就只夠一隻手伸進去而已。你們等著，我試試看。」

鮑伯小心的把手伸進樹洞深處。所有人都很緊張，現場鴉雀無聲。只有遠處隱約傳來太平洋輕柔的浪潮聲。突然間，鮑伯把手抽回來，發出恐怖的尖叫。

「鮑伯！你怎麼了？」彼得驚嚇的問。

鮑伯咧開嘴角笑著說：「嘻嘻，騙你們的啦！」

彼得火冒三丈的說：「你給我下來，我也要開你一個玩笑！」

鮑伯的手再次伸進樹洞裡。當他的前臂幾乎全部伸進洞裡時，他突然吸了一

口氣，然後說：「我相信我已經找到了。而且這一次不是開玩笑。我發誓！」當他把手縮回來時，他難以置信的望著手上的東西：那是一顆掛在金項鍊上的巨大鑽石，在陽光下閃閃發亮，耀眼的光芒讓鮑伯睜不開眼睛。

「我要下去了。」他驚訝到幾乎說不出話來。「你們一定要看看這個東西。」

三個問號和伊莉莎白用不可思議的表情注視著這顆價值非凡的鑽石。過了許久都沒有人說話。最後佑斯圖拿起項鍊，掛在伊莉莎白的脖子上。

「我認為福瑞德·費爾曼的祕密已經揭開了。這條項鍊原來一直就在我們附近。伊莉莎白，這就是你的祖先福瑞德・費爾曼留下來的遺產。」佑斯圖說。

然而伊莉莎白還來不及回答，就有一輛汽車朝著回收場直衝而來。當車門打開時，三個問號簡直不敢相信自己的眼睛。

「是維爾瑪太太。」鮑伯低聲說。「她竟然還敢再來這裡。」

「伊莉莎白，我的好孩子。」這個女人用甜如蜜的聲音說。她換了乾淨的衣服，現在穿了一套褲裝，但是頭髮上還有一些殘留的爛泥巴。「伊莉莎白！我真高興在這裡找到你。你根本不知道我非常擔心你的安全。一切都是天大的誤會。我會跟你好好解釋。這整件事情，都是史基尼・諾里斯一手主導。他策劃了這個陰謀，還強迫我一起執行。」

就在這一刻，維爾馬太太的目光落在伊莉莎白胸前的鑽石項鍊上。「噢，孩子，太棒了，費爾曼家族的傳家寶，真的被你找到了。我真是太高興了。伊莉莎白，把鑽石交給我。我會小心翼翼的幫你保管，就像照顧我自己的眼球一樣保護它。相信我。」

佑斯圖正想澆她一頭冷水時，伊莉莎白已經開口回答：「維爾瑪太太，我真的很高興這只是一場誤會。」她一邊用甜美的聲音說，一邊狡黠的向三個問號使眼色：「我原本就認為一切都是誤會。我當然信任您，畢竟您是我的監護人。」

維爾瑪太太顯然是一臉困惑。「呃……是啊……對。是我沒錯。

我的小天使，我是你的監護人，永遠都在你身邊。那麼你現在可以把鑽石項鍊交給我了嗎？」

「那當然囉。稍等一下。」伊莉莎白轉向一旁，費了一番功夫取下項鍊。「這個交給您吧。為了保護鑽石項鍊，我把它放在一個小袋子裡。您到家時，再把它拿出來吧。維爾瑪太太，如果您允許，而且佑斯圖也同意，我想在這裡多留一會兒，和我的朋友們共度剩餘的暑假。」

佑斯圖不禁臉紅。「當然可以！沒問題。」他回答。

維爾瑪太太把小袋子緊握在手裡。因為緊張，她的眼皮不由自主的顫抖著。「好啊，你儘管留下來吧，孩子。好好享受你的暑假。我晚一點……呃……或者到時候再……呃……來接你。」說完她就坐上車，飛也似的穿過出口疾馳而去。

「伊莉莎白！你該不會真的把項鍊交給了那個可惡的老太婆吧？」鮑伯忍不住脫口而出。

伊莉莎白笑著打開手掌，鑽石正垂掛在兩根手指之間。「當然沒有。給維爾瑪太太的小袋子裡，只有瑪蒂妲嬸嬸的晒衣夾。」

他們每個人不禁捧腹大笑，幾乎整個岩灘市都能聽見他們的笑聲。

佑斯圖深吸了一口氣，然後說：「我們會把這整件事的來龍去脈告訴雷諾斯警官，讓他決定該怎麼處置維爾瑪太太和史基尼。」

伊莉莎白又把鑽石項鍊戴回脖子上，接著說：「好的。另外，如果我真的可以留在這裡和你們一起過暑假，那麼我也要享受一下這個遺產：我們來辦一個大型慶祝會，你們覺得怎麼樣？」

三個問號彼此相望著，然後一起發出大聲的歡呼。

3個問號偵探團——03

唱歌的幽靈

作者｜晤爾伕・布朗克（Ulf Blanck）
波里斯・菲佛（Boris Pfeiffer）
繪者｜阿力
譯者｜洪清怡

責任編輯｜呂育修
封面設計｜陳宛昀
行銷企劃｜吳函臻

發行人｜殷允芃
創辦人兼執行長｜何琦瑜
副總經理｜林彥傑
總監｜林欣靜
版權專員｜何晨瑋、黃微真

出版者｜親子天下股份有限公司
地址｜台北市104建國北路一段96號4樓
電話｜（02）2509-2800　傳真｜（02）2509-2462
網址｜www.parenting.com.tw
讀者服務專線｜（02）2662-0332　週一～週五：09:00~17:30
傳真｜（02）2662-6048　客服信箱｜bill@cw.com.tw
法律顧問｜台英國際商務法律事務所・羅明通律師
製版印刷｜中原造像股份有限公司
總經銷｜大和圖書有限公司　電話：（02）8990-2588

出版日期｜2021年2月第二版第一次印行

定價｜300元
書號｜BKKC0038P
ISBN｜978-957-503-735-2（平裝）

訂購服務
親子天下Shopping｜shopping.parenting.com.tw
海外・大量訂購｜parenting@cw.com.tw
書香花園｜台北市建國北路二段6巷11號　電話（02）2506-1635
劃撥帳號｜50331356　親子天下股份有限公司

立即購買＞

國家圖書館出版品預行編目資料

三個問號偵探團. 3, 唱歌的幽靈 / 晤爾伕.布朗克, 波里斯.菲佛文 ; 阿力圖 ; 洪清怡譯. -- 第二版. -- 臺北市 : 親子天下股份有限公司, 2021.02
面； 公分
注音版
譯自 : Die drei??? : Kids Der singende Geist
ISBN 978-957-503-735-2(平裝)
875.596　109021124